Ulrich Knellwolf
Klassentreffen

Ulrich Knellwolf
Klassentreffen

Kriminalroman

Arche

Personen und Handlungen sind frei erfunden.
Jede Ähnlichkeit mit lebenden Personen ist
nicht beabsichtigt und wäre rein zufällig.

Für Elsbet
zum 19. August 1995

Umschlag: Unter Verwendung von
Adolf Honegger, *Die Kantonsschule in Trogen*, um 1890
Mit freundlicher Genehmigung der
Kantonsbibliothek Appenzell-Außerrhoden
in Trogen
Satz: KCS GmbH, Buchholz/Hamburg
Druck, Bindung: Friedrich Pustet, Regensburg
Printed in Germany
ISBN 3-7160-2196-2

Klassentreffen

Bei ihrem diesjährigen Treffen in Trogen am ersten Montag im Juni wußten sie noch nicht, was auf sie zukam. Sie wußten nicht, daß keiner von ihnen den August überleben und daß die Rektoratssekretärin der Kantonsschule Trogen am Tag nach den Sommerferien eines der großen, in schwarzes Leinen gebundenen Bücher, in denen die Namen der Maturaabsolventen nach Jahrgängen verzeichnet waren, aus dem Archivschrank holen und unter die Kolonne fünf große Kreuze zeichnen, daß sie dann zum Rektor hinübergehen und fragen würde, ob man nicht etwas dazuschreiben müsse.
Der Rektor würde die Sekretärin von unten herauf anschauen und fragen: »Was kann man denn da schreiben?«
Die Sekretärin würde stumm die Achseln zucken, in ihr Büro zurückkehren und das Buch zwischen die anderen schwarzgebundenen Bücher in den Archivschrank zurückstellen, ohne

daß eine Erklärung zu den fünf Kreuzen geschrieben worden wäre.

Aber das war drei Monate später.

1

Der erste Montag im Juni war hellblau, wie auf Glanzpapier gedruckt. Es war Föhn, was im Frühsommer selten ist. Die gestochen klaren Föhntage gehören in dieser Gegend zum Herbst. Frischknecht hatte den kürzesten Weg. Zehn Minuten zu Fuß den Berg hinunter bis zur Haltestelle des Postautos, zwanzig Minuten Fahrt mit dem Postauto von Heiden nach Trogen.

Als er Ende der sechziger Jahre in die Generaldirektion des Zürcher Konzerns aufgestiegen war, hatte er im Appenzeller Vorderland ein Bauernhaus aus dem 18. Jahrhundert gekauft und für viel Geld vom Keller bis zum Dach stilecht restaurieren lassen. Hier hatte er dann jahrelang seine Wochenenden verbracht. Seitdem er sich aus der Geschäftsleitung zurückgezogen und auch seine Beratertätigkeit aufgegeben hatte, wohnte er mit seiner Frau Irina ständig in Heiden. Über der Nebelgrenze, wie er gern sagte.

Früher war Frischknecht viel gereist, vor allem

nach Südostasien und Amerika. Er galt international als Kapazität für Fragen der Ballistik.
Kurz nach halb elf verabschiedete sich Frischknecht von Irina. Sie mußte den Hund am Halsband festhalten, damit er Frischknecht nicht ins Dorf nachlief. Irina ermahnte ihn, er solle nicht zu schnell marschieren.
»Keine Angst, ich bin nicht mehr zwanzig«, rief er. Das Autofahren hatte Frischknecht mit fünfundsiebzig freiwillig aufgegeben. Er blickte an seinem Haus vorbei auf den Bodensee und weiter bis ins Süddeutsche und Vorarlbergische hinüber.

Otto Frischknecht war hier aufgewachsen. Seine Großeltern waren Bauern gewesen, sein Vater hatte als Tierarzt in Heiden praktiziert. Er war in die Kantonsschule von Trogen geschickt worden. Nach der Matura, 1933, hatte er an der Eidgenössischen Technischen Hochschule in Zürich Maschinenbau studiert. Dazwischen die Rekrutenschule bei der Artillerie, Unteroffiziersschule, Offiziersschule. Nach seiner Promotion hatte Frischknecht vorübergehend an der Planung der von General Guisan befohlenen Alpenfestung, dem sogenannten Réduit, mitgearbeitet. 1940

war der Leiter einer Zürcher Rüstungsfirma auf den begabten Artillerieoffizier aufmerksam geworden. Damit war Frischknechts weiterer beruflicher Weg vorgezeichnet. Parallel dazu machte er Karriere beim Militär: mit achtundzwanzig Kommandant einer Batterie, Abteilungskommandant, Regimentskommandant und als krönender Abschluß mit Lorbeer und Stern Kommandant einer Grenzbrigade.
Während seines ersten Wiederholungskurses als Leutnant, sechsunddreißig, lernte er Irina kennen. Seine Truppe war zum Übungsschießen im Waadtland stationiert. Im Ausgang fuhr man an den Genfersee hinunter, um in der neuen, enganliegenden Uniform mit dem hochgeschlossenen Kragen, den weiten Reithosen und den polierten Stiefeln am Ufer zu promenieren. Frischknecht und seine Freunde entdeckten schnell ein Pensionat für höhere Töchter und stolzierten davor auf und ab. Die Mädchen standen an den offenen Fenstern, Worte in vielen Sprachen flogen über den Gartenzaun.
Bald war es ein Spiel mit festen Regeln. Die jungen Offiziere kamen fast jeden Abend, und die Mädchen erwarteten sie an den Fenstern. Die Internatsleitung wußte sich schließlich nicht

anders zu helfen, als die Herren am Sonntagnachmittag zum Tee einzuladen. Da sah Frischknecht Irina zum erstenmal von nahem. Sie war Russin und kam aus Paris. Ihre Familie hatte Rußland nach der Revolution verlassen und sich über Deutschland nach Frankreich abgesetzt. Irina war in Berlin geboren und in Paris aufgewachsen. Die Großeltern waren von den Revolutionären ermordet worden.

Seit diesem Sonntagnachmittag ging Frischknecht nicht mehr mit den Kameraden am See spazieren, sondern traf sich heimlich mit Irina. Als die Internatsleitung die Ausflüge bemerkte, gab es große Aufregung; Irina sollte nach Hause geschickt und Frischknecht bei seinem Vorgesetzten angezeigt werden. Aber der Kommandant lachte nur, und der aus Paris angereiste Vater war wider Erwarten vernünftig. Frischknecht erklärte ihm, daß er Irina liebe und sie heiraten wolle. Der Vater, nicht unglücklich über die Schweizer Bekanntschaft seiner Tochter, bestand auf einer Bedenkzeit und auf dem Studienabschluß des künftigen Schwiegersohns. In Heiden, bei Frischknechts Eltern, gab es zuerst verlegene Gesichter. Eine Ausländerin, und noch dazu eine Russin?

Sie heirateten im Juli neununddreißig, als jeder-

mann schon den Krieg erwartete und Hitler den Pakt mit Stalin geschlossen hatte. Die Nachbarn in Bern, wo sie ihre erste Wohnung mieteten, grüßten nicht mehr, als sie erfuhren, daß Irina nicht Französin, sondern Russin sei. Frischknecht war beruflich viel unterwegs; hinzu kamen die militärischen Pflichten, so daß Irina die drei Kinder, alle während des Krieges geboren, mehr oder weniger allein erzog.
Mehrmals begleitete Frischknecht seinen Chef ins Ausland, vor allem nach Deutschland. Man verhandelte über die Lieferung von Rüstungsgütern. Auf einer dieser Reisen, dreiundvierzig, traf er zu seiner Überraschung Lützelschwab, seinen früheren Klassenkameraden aus Trogen und Studienkollegen von der ETH in Zürich. Das war in Liebenau, südlich von Reichenberg, im sogenannten Reichsgau Sudetenland.
Frischknecht und sein Chef waren mit dem Wagen an der Bahn in Reichenberg abgeholt und bis zur Fabrik in Liebenau gefahren worden. Dort empfing sie ein hoher Offizier der SS mit zahlreichem Gefolge, darunter in Zivil, nicht in Uniform, Lützelschwab. Frischknecht erkannte ihn sofort. Er war lange genug mit Lützelschwab in derselben Klasse gewesen. »Wenn irgend etwas

Besonderes vorfällt, tun Sie, als wäre nichts, und halten Sie vor allem den Mund«, hatte der Chef ihm eingeschärft. Frischknecht versuchte dennoch, Augenkontakt mit Lützelschwab herzustellen. Der tat jedoch, als merke er nichts und kenne den zweiten Mann aus der Schweiz nicht.
In einer Verhandlungspause war Lützelschwab an das Fenster getreten. Frischknecht drängte sich zwischen den Uniformierten hindurch, bis er neben ihm stand. Unten im Hof wurde gerade eine Kolonne von Frauen vorbeigeführt, bewacht von bewaffneten Aufsehern mit Hunden.
»Zwangsarbeiterinnen?« fragte Frischknecht leise.
Lützelschwab wandte sich zu ihm um. »Reichseinsatz«, sagte er. »Russische Freiwillige.«
Seine Aussprache verriet ihn, obwohl er sich bemühte, wie »einer aus dem Reich« zu sprechen.
»Kennen wir uns nicht?« fragte Frischknecht.
»Nicht daß ich wüßte«, antwortete Lützelschwab und ließ ihn stehen.
Frischknecht erwähnte die Begegnung mit Lützelschwab seinem Chef gegenüber erst, als sie wieder in der Schweiz waren. »Ich schwöre, daß er es gewesen ist«, und er fragte, ob er nicht verpflichtet sei, die Sache den Behörden zu melden.

Sein Vorgesetzter verbot es ihm. Auf der nächsten Reise nach Deutschland begleitete den Chef ein anderer.

Vor der Post wartete Frischknecht auf den gelben Autobus. Er kannte die Strecke genau. Auf der Anhöhe hinter Heiden über die Kreuzung – rechts nach Rehetobel, links nach Oberegg –, weiter geradeaus durch das Dorf Wald mit der Kirche. Von dort aus konnte man Trogen auf der Hügelkuppe gegenüber liegen sehen. In engen Kurven ging es ins Tobel hinunter und auf der anderen Seite wieder hinauf.
Frischknecht stieg am Dorfplatz aus. Vor der Kirche und zwischen den vornehmen Häusern der alten Trogener Handelsfamilien wird jedes zweite Jahr die Landsgemeinde des Kantons Appenzell Außerrhoden abgehalten. Rechts neben der Kirche steht das niedrigste Haus am Platz, das Gasthaus zur Krone. Mit seiner auffälligen Fassadenmalerei versucht es, sich gegen die Übermacht von Kirche und Bürgerhäusern zu behaupten.
Er setzte sich an einen der eisernen Tische vor dem Gasthaus. Zum Platz hin waren sie durch Sträucher in Kübeln geschützt. Es war kurz vor

halb zwölf. Um zwölf Uhr waren sie verabredet. Der Kellner begrüßte ihn. Sie kannten sich. Frischknecht bestellte einen Kaffee. Er trank und wartete. Sein kahler Schädel glänzte in der Sonne.

Den weitesten Weg hätte Theophil Kellerhals gehabt. Schon von Bern nach Trogen zu fahren ist keine Kleinigkeit, wenn man über achtzig ist, aber Kellerhals wohnte nicht einmal in Bern, sondern in der Altersresidenz einer wohlhabenden Berner Vorortgemeinde.

Als einziger Sohn von Missionaren aus dem Emmental in Kanton in China geboren, war er in die Schweiz zur Schule geschickt worden. Wegen seiner schwachen Konstitution hatte er nicht, wie für Missionarskinder damals üblich, die Mittelschule in Basel, sondern im voralpinen Trogen besucht. Nach der Matura hatte er in Basel bei dem von den Nazis aus Deutschland vertriebenen Karl Barth Theologie studiert und dann eine kleine Gemeinde auf dem Land übernommen. Wenig später war er Heimatsekretär einer Missionsgesellschaft geworden, über dreißig Jahre lang, bis zu seiner Pensionierung.

In Trogen war Kellerhals mit Lukas Rothpletz eng befreundet gewesen, und, hatte man geflüstert, nicht nur platonisch. Von Rothpletz zumindest hatte es als sicher gegolten, daß er Männern mehr zugetan war als Frauen, und es hatte auch niemanden erstaunt, daß Kellerhals lange unverheiratet geblieben war. Erst in vorgerücktem Alter hatte er die Witwe eines Berner Privatbankiers geheiratet. Sie war vor zehn Jahren gestorben, und Kellerhals hatte außer einem Haus in der Berner Altstadt ein Landschlößchen und ein respektables Barvermögen geerbt.

Schon vor vierzehn Tagen hatte Kellerhals, zittrig, so daß es kaum zu lesen war, an Frischknecht geschrieben, daß er wegen seiner Gebrechlichkeit auf die Teilnahme am diesjährigen Klassentreffen in Trogen leider verzichten müsse, aber die Kameraden und Freunde herzlich grüßen lasse.

Frischknecht saß noch keine Viertelstunde an dem Tisch vor dem Gasthaus, als Lukas Rothpletz in beiger Kolonialbaumwolle und Strohhut aus der Kirche trat und zu ihm herüberschlenderte.

»Ich bin jedesmal entzückt von diesem Platz und dieser Kirche«, sagte er. »Und jedesmal, wenn ich hier bin, muß ich dem alten Grubenmann die Reverenz erweisen. Was wäre aus diesem Provinzbaumeister geworden, wenn er in Italien gewesen wäre!«

Lukas Rothpletz kam aus Basel, wo er, seitdem er aus Florenz zurückgekehrt war, wieder in seinem Elternhaus in der Nähe des alten Kollegiengebäudes am Rheinsprung wohnte. Er hatte sich mit fünfundsechzig entschlossen, nach Italien überzusiedeln, und in der Altstadt von Florenz eine Wohnung gekauft. Zehn Jahre später habe er jedoch einsehen müssen, erzählte er gern, daß er halt ein transalpiner Typ sei, und habe deshalb seine florentinischen Zelte wieder abgebrochen. Er war seinerzeit nach Trogen gekommen, weil seine Leistungen am Basler Humanistischen Gymnasium zu wünschen übrig gelassen hatten. Seit Generationen wäre Rothpletz der erste in der Familie gewesen, der ohne Matura hätte durchs Leben gehen müssen. So war er der erste, der sie ohne Griechisch, nur mit Latein schaffte. Dennoch war er Kunsthistoriker geworden und war zuletzt Leiter einer privaten Stiftung von europäischem Format und außerordentlicher Professor an der Universität in Basel. In Fachzeitschriften publizierte er auch jetzt noch hie und da Aufsätze über entlegene kunsthistorische Themen.

»Kommt Kellerhals?« fragte Rothpletz.

»Nein. Er fühlt sich zu schwach«, sagte Frischknecht. »Und auch Arnold kann nicht kommen. Seine Tochter hat mich gestern angerufen.«

Arnold Anderegg, begabter Bauernsohn aus dem appenzellischen Hinterland, frühreifer Lyriker, hatte sein Leben als Adjunkt im Staatsarchiv des Kantons St. Gallen verbracht.

»Sein Magen will nicht mehr.«

»Krebs?«

»Man spricht nicht davon, aber ich vermute es.«

»Der arme Kerl«, sagte Rothpletz und setzte sich. »Man weiß nicht, was man hat, wenn man in unserem Alter gesund ist. Ich glaube, Arnold hat nie verdaut, daß er nur Adjunkt geblieben und nicht Staatsarchivar geworden ist.«

»Meinst du? Ich hielt ihn nie für besonders ehrgeizig. Und an der Welt hat er eigentlich schon immer gelitten. Erinnerst du dich noch an seine Aufsätze? ›Gut‹, sagte der alte Knall oft, ›sehr gut, Anderegg, aber viel zu pessimistisch. Wie wollen Sie mit dieser Haltung durchs Leben kommen?‹«

»Wer leidet nicht an der Welt? Nur muß man einmal damit aufhören«, sagte Rothpletz.

»Die einen hören früh auf, die anderen spät.«

»Zu spät. Wenn der Krebs nicht mehr zu heilen ist.«
Rothpletz hatte einen Campari mit Soda bestellt. »Dann kommt also nur noch Meyer. Sicher wie immer mit dem Auto.«
»Ich habe nichts anderes gehört«, sagte Frischknecht.
»Wir werden immer weniger«, sagte Rothpletz, »jetzt, wo auch Ernst Winter nicht mehr kommt. Ich habe es bedauert, daß ich ausgerechnet in der Zeit in London war, als er starb. In der National Gallery waren die Holbein-Zeichnungen aus Windsor Castle ausgestellt. Wie war denn die Beerdigung?«
»Nicht aufregend«, sagte Frischknecht. »Meyer nahm mich mit dem Wagen mit. Es war, wie es ist, wenn ein alter Jurist in einer Kleinstadt wie Weinfelden stirbt, der früher einmal Gemeinderat, dann, ich weiß nicht wie lange, Kantonsrat und schließlich Oberrichter gewesen ist. Kränze, Fahnen, Reden. Die Kirche bis auf den letzten Platz gefüllt.«
»Er schien letztes Jahr noch recht beieinanderzusein«, sagte Rothpletz. »Ich erinnere mich, wie er dort um die Ecke kam. Wir saßen schon hier und sagten noch, er sei erstaunlich gut zu Fuß.«

»Es fehlte ihm auch nichts bis ans Ende«, sagte Frischknecht. »Er hatte alte Kollegen in Frauenfeld getroffen und mit ihnen Karten gespielt, wie jeden Monat einmal, war fröhlich nach Hause gekommen und gesund zu Bett gegangen. Am nächsten Morgen fand ihn seine Frau. Tot. Herzschlag im Schlaf.«
»Ein Tod, wie man ihn sich wünscht«, sagte Rothpletz. »Hast du einen Kranz bestellt?«
»Ja«, sagte Frischknecht.
»Und wer führt nun die Kasse?«
Bisher hatte Winter die Kasse geführt, in die jeder jedes Jahr etwas einlegte, damit die Kränze bei den Bestattungen bezahlt werden konnten.
»Interimistisch habe ich sie zu mir genommen«, sagte Frischknecht.
Die Kirchturmuhr schlug zwölf.
»Dann fehlt also nur noch Gerold Meyer. Mit dem Wagen ist er nie pünktlich«, sagte Frischknecht. »Ich denke, wir bestellen trotzdem schon. Wie wär's mit ein wenig Waadtländer als Apéritif?«
Er winkte dem Kellner.

Um viertel nach zwölf bog Meyer in seinem alten Chrysler auf den Platz ein.

»Daß er das Autofahren noch immer nicht aufgegeben hat«, sagte Rothpletz.
»Ich habe es bleibenlassen«, sagte Frischknecht, »aber Ärzte haben ja ihre Beziehungen und finden immer einen, der ihnen bestätigt, daß sie noch fahrtüchtig sind, und wenn sie auf allen vieren gingen, nichts mehr hörten und nichts mehr sähen.«
»Immerhin trägt er schon seit Jahren ein Hörgerät«, sagte Rothpletz.
In offenem, weißem Hemd, weißer Hose, weißen Schuhen, braun gebrannt, kam Meyer zu ihnen herüber.
»Hallo, meine Freunde.«
»Hallo, du alter Autonarr.« Rothpletz war nie Auto gefahren.
»Dürfte ich nicht mehr fahren, wäre ich ein toter Mann«, sagte Meyer.
Meyer war von seinen Eltern aus Familientradition auf das Gymnasium in Trogen geschickt worden. Vater und Großvater hatten hier die Matura gemacht. Wie sie hatte auch Gerold Meyer Medizin studiert und später die namhafte Privatpraxis für Chirurgie seines Vaters in Zürich übernommen.
»Sind wir vollzählig?« fragte er.

»Ja«, sagte Frischknecht.
Der Kellner brachte ein Glas und schenkte Meyer von dem Weißwein ein.
»Arnold soll ja ein Magenkarzinom haben. Habt ihr das gewußt? Seine Tochter hat mich deswegen vor ein paar Wochen konsultiert. Nichts mehr zu machen, fürchte ich. Jedenfalls hat der Kollege im Universitätsspital nicht operiert.«
»Und Kellerhals zittert so stark, daß man kaum lesen kann, was er schreibt«, sagte Frischknecht.
»Parkinson wahrscheinlich. Wir haben immer noch kein wirksames Mittel dagegen«, sagte Meyer.
Frischknecht bestellte eine zweite Flasche vom Waadtländer. Der Kellner fragte, ob er die Menükarte bringen dürfe.
»Ich habe einen Tisch im ersten Stock reservieren lassen. Ich dachte, in unserem Alter sollte man nicht mehr zu lange in der Sonne sitzen«, sagte Frischknecht.
Die beiden anderen nickten. Alle wählten den Tagesteller, Piccata milanese mit Safranreis.
»Und dazu trinken wir einen kühlen Bernecker Beerli«, sagte Rothpletz. Frischknecht schenkte den Rest vom Weißen ein.

Die drei Männer waren alle gleich alt. Über achtzig. Sie waren die letzten aus der Klasse, die im Jahr 1933 an der Kantonsschule in Trogen die Matura gemacht hatten. Insgesamt waren sie damals neunzehn Schüler gewesen. Elf waren inzwischen gestorben, vor drei Monaten als letzter Ernst Winter, der Oberrichter aus Weinfelden. Frischknecht führte bei ihren jährlichen Treffen den Vorsitz. Auch heute hatte er eine Liste mit allen Namen ihres Jahrgangs vor sich.
»Hat einer etwas von Jim gehört?« fragte er.
»Ich nicht«, sagte Rothpletz.
»Wir schreiben uns jeweils zum neuen Jahr«, sagte Meyer. Er war in Trogen mit Jim Muller befreundet gewesen. Muller war als Sohn ausgewanderter Zürcher in Südafrika aufgewachsen und nach Trogen ins Internat geschickt worden. Seit Jahren lebte er in der Nähe von Pretoria.
»Das sind jetzt natürlich schon wieder ein paar Monate her. Damals schrieb er, es gehe ihm dem Alter entsprechend gut«, fuhr Meyer fort.
»Und seine Firma?« fragte Frischknecht.
»Er wird mit der politischen Entwicklung einigermaßen zufrieden sein, denke ich. Hätte die Apartheid angedauert, wäre das für die südafrikanische Wirtschaft der Ruin gewesen.«

»Ich erinnere mich aber, wie leidenschaftlich er die Apartheid verteidigt hat, als er das letzte Mal hier war«, sagte Rothpletz.

Frischknecht schaute ihn an. »Du hättest deswegen um ein Haar Streit mit ihm bekommen.« Er klatschte mit der flachen Hand leicht auf den Tisch. »Nehmen wir also an, daß bei unserem Kameraden Jim alles in Ordnung ist. Weiß jemand etwas von Heinrich?«

»Ich habe gestern seinen Sohn in Hamburg angerufen«, antwortete Rothpletz. »Keine Veränderung. Man hoffte ja zuerst, die Lähmung werde zurückgehen. Davon kann leider nicht die Rede sein. Der Zustand drückt aufs Gemüt. Heinrich ist schwer depressiv und aggressiv.«

Heinrich Vogeler, dessen Vater Direktor einer deutschen Firma in St. Gallen gewesen war, hatte sich nach Krieg und Jurastudium als Großkaufmann in Hamburg niedergelassen und lag seit zwei Jahren, rechtsseitig gelähmt, in einem exklusiven Pflegeheim an der Nordsee.

»Dabei war er ein so fröhlicher und friedlicher Mensch, ich meine, als er jung war«, sagte Frischknecht, und wieder klatschte er mit der flachen Hand leicht auf den Tisch. Das Kapitel Heinrich Vogeler war damit abgeschlossen.

»Bleibt der eine übrig.«
»Nichts von ihm gehört und auch kein Bedürfnis, etwas zu hören.« Es war Meyer, der das mit Nachdruck sagte.
»Ich auch nicht«, sagte Rothpletz. »Aber ich frage dennoch« – er schaute Meyer an –, »ist er immer noch in Argentinien?«
»Ich habe gerade ein Buch gelesen, wie diese Leute fünfundvierzig nach Südamerika gelangt sind«, sagte Frischknecht schnell dazwischen, der sich schon immer für Zeitgeschichte interessiert hatte. »Eine trübe Geschichte.«
»Eine sehr trübe Geschichte«, bestätigte Meyer. »Nein, ich weiß gar nichts. Warum sollte ich?«
»Ich dachte nur, weil du ihm doch seinerzeit die Verbindung, ich meine, zu deinem Onkel…«, sagte Rothpletz.
»Seither ist viel Wasser die Limmat hinuntergeflossen«, sagte Meyer.
»Also«, Frischknecht schlug mit der flachen Hand stärker als vorher auf den Tisch, »nichts mehr von Philipp Lützelschwab. Für mich gehört er überhaupt nicht zu unserer Klasse. Gehen wir essen.«
Alle drei erhoben sich und stiegen langsam die Treppe zur Gaststube im ersten Stock hinauf.

2

Die Tankstelle stand an der unasphaltierten Straße von Garuhapé nach Aristóbulo del Valle. Wenn du bei Felipes Tankstelle angekommen bist, sagten die Leute, die in ihren klapprigen Autos vorbeifuhren, hast du die halbe Strecke hinter dir.

Es war ein hölzerner Schuppen mit undichtem Dach, unter dem Benzin- und Ölfässer lagerten, und einer alten, rostigen Pumpe davor. An die von Sonne und Regen grau gewordenen Wände des Schuppens waren blecherne Reklameschilder von Benzinfirmen genagelt. Früher waren sie blau, grün und gelb gewesen, nun waren nur noch Spuren von Farbe sichtbar. Das Vordach des Schuppens zur Straße hin sah aus wie ein kranker Alter, der an Krücken gehen lernt. Der Leuchtreklame für Motoröl war schon seit langem das Licht ausgegangen.

Neben dem Schuppen stand, schmutzig-weiß, aufgebockt und ohne Räder, der Wohnwagen, in dem Felipe schlief. Die Vorhänge hatte Maria Inmaculada genäht, die Indianerin, die eines Tages hergekommen und drei Jahre bei ihm geblieben war, grellbunte Vorhänge. Inzwischen hatten auch sie die Farbe verloren. Eine verbogene Antenne ragte aus dem Dach wie das widerborstige Haar aus dem kahlen Schädel eines Greises. An den Wohnwagen hatte Felipe aus rohen Balken ein schräges Dach gebaut und mit mehreren Lagen Blech gedeckt. Darunter waren Werkstatt und Laden.

Im Laufe der Jahrzehnte war aus dem Anbau, der zuerst nicht mehr als ein Unterstand gewesen war, ein richtiger Laden geworden, mit einer Tür aus Glas und einem kleinen Schaufenster. Neben Benzin und Motoröl verkaufte Felipe Taschenmesser und Reißzwecken, Werkzeuge aller Art und Haushaltswaren, Gas in Flaschen und die dazugehörigen Kocher, Glühbirnen und Dochte für Petroleumlampen, Sicherungen und unzähliges anderes. Und Maria Inmaculada hatte ihm keine Ruhe gelassen, bis er gleich neben dem Eingang im Laden einen stromlinienförmigen amerikanischen Kühlschrank aufgestellt hatte. Seither verkaufte er auch Eis.

In seiner Werkstatt flickte Felipe alles, was ihm

die Leute aus der Umgebung brachten, vom Motorrad bis zum elektrischen Fön. Den Strom lieferte ein Windrad, das an einem giraffenartigen Gerüst neben dem Wohnwagen stand. Hinter Felipes Schuppen mit den Benzinfässern türmte sich ein scharfkantiger Berg aus Autowracks, und Felipe war trotz seines Alters in den vor sich hinrostenden Ruinen öfter anzutreffen als im Laden. Wenn man ihn rief, kam er wie eine Schnecke aus einer der blechernen Muscheln gekrochen, wischte sich die Hände am verschmierten Overall ab und trat hinter den Ladentisch, eine Wohnwagentür, die er über zwei leere Ölfässer gelegt hatte.

Es war Juli, und seit Tagen regnete es ununterbrochen. Um den Schuppen und den Wohnwagen herum hatten sich kleine Seen gebildet. Auf dem Wasser schwamm ein vielfarbig schimmernder Film. Der Regen trommelte auf die Dächer des Schuppens, des Wohnwagens, des Ladens und der ausgeweideten Autos. Die wenigen Autos, die vorbeifuhren, spritzten Fontänen von erdig rotem Wasser hoch. Keiner hielt. Wenn es regnete, schien niemand Benzin nötig zu haben. Felipe hantierte im grauen Licht des Regenvormittags an einem Staubsauger, den ihm die Posthalterin von Capioví gebracht hatte. Als ein Stationswagen vorfuhr, hob er den Kopf. Es war Scheuermann aus Los Teales, einer der Deutschen, die in den dreißiger Jahren ebenso wie viele Schweizer auf der Flucht vor Arbeitslosigkeit und Inflation in die Provinz Misiones eingewandert waren und Land gekauft hatten in der Hoffnung, als Bauern auf einen grünen Zweig zu kommen. Wie alle redete Scheuermann vom Regen.

»Regnet es nicht, ist es nicht recht, und regnet es, auch nicht«, sagte Felipe.

Scheuermann lachte. »So ist es eben.«

Er kaufte Glühbirnen und wollte den Tank seines alten Fords gefüllt haben. Bevor sie zusammen in den Regen hinaustraten, sagte er: »Hast du gelesen? Sie haben Floßmann in Bariloche verhaftet.«

»Noch keine Zeitung gelesen.«

»Steht heute drin.«

»Floßmann?«

»Alter Nazi. Soll in Griechenland Geiseln erschossen haben.«

Scheuermann hatte nie etwas mit den Nazis zu tun gehabt.

»Nichts Neues«, sagte Felipe.

»Aber jetzt haben sie ihn verhaftet«, sagte Scheuermann, »nach fünfzig Jahren.«
»Nimmst du den Staubsauger für die Posthalterin in Capioví mit? Sag, sie könne bezahlen, wenn sie das nächste Mal vorbeikommt.«
Felipe holte den Staubsauger aus der Werkstatt und schob ihn auf den Beifahrersitz des Fords. Scheuermann fuhr an, und das Wasser spritzte gegen Felipes Hosenbeine. Er ging nicht in die Werkstatt zurück, sondern kletterte in den Wohnwagen.
Er atmete schwer und mußte sich setzen. Auf dem Tisch zwischen Küche und Klappbett, das nie hochgeklappt wurde, lag die Post. Der Bote aus Garuhapé warf sie jeden Morgen beim Vorbeifahren aus dem Fenster. In der Regenzeit verpackte er sie sauber in einen Plastiksack.
Felipe riß den Sack auf und holte die Zeitung heraus. Die Meldung über Floßmanns Festnahme war kurz. San Carlos de Bariloche lag mehr als zweitausend Kilometer von Felipes Tankstelle entfernt. Floßmann hatte er nie kennengelernt.
Er zog unter dem Klappbett eine Pappschachtel hervor und kramte in den Papieren, bis er den Ausschnitt aus der *New York Times* fand. Vor

vierzehn Jahren hatte man Mengele gesucht. Man hatte geglaubt, ihn in Argentinien gesehen zu haben. Argentinien: das bequemste Versteck für deutsche Kriegsverbrecher.

»Immer noch gibt es viele«, stand da, »die sich zwischen Asunción und Feuerland verkrochen haben. Vom tausendfachen Mörder im Konzentrationslager bis zum Aufseher über polnische Zwangsarbeiter.« Die letzten vier Wörter waren blau unterstrichen. Außer Mengele, Stangl und Winckler waren keine Namen genannt, auch Floßmann nicht. Winckler, der Schrecken von Süditalien, war inzwischen tot. Felipe hatte auch das aus der Zeitung erfahren. Auch ihn hatte er nicht gekannt, ebensowenig wie Mengele oder Stangl.

Der alte, an den Rändern bräunlich gewordene Zeitungsausschnitt lag vor ihm auf dem Tisch, und er starrte eine Weile darauf. Dann stand er auf, legte das Papier zu den anderen Papieren in die Pappschachtel zurück und schob sie mit dem Fuß wieder unter das Bett.

Neben der Tür hing ein Spiegel, der von der feuchten Luft halb blind geworden war. Felipe stellte sich davor und betrachtete sein braunes Gesicht, die weißen Haare und den weißen

Schnurrbart. Dann öffnete er den Reißverschluß des Overalls. Er betrachtete seinen Altmännerbrustkorb, der Ähnlichkeit hatte mit den Skeletten verdursteter Tiere in der Steppe. Die Rippen waren mit brüchigem Papier überzogen, rostige Blutflecken auf vergilbenden Buchseiten. Felipe schaute sich lange an. Seine Finger tasteten über die fleckige Haut. Er kniff hinein, zog daran und ließ die Haut zurückschnellen. Sie glättete sich nur langsam. Felipe schaute und nickte. Dann fuhr er mit den Händen in die Ärmel des Overalls und zog den Reißverschluß bis zum Adamsapfel hoch.

Durch den Regen lief er zur Werkstatt hinüber. Dort stand Julio Manzonis fast neues Motorrad, dessen Gangschaltung defekt war. Felipe begann, schwer schnaufend, die Schrauben zu lösen. Gegen Mittag, den man am Tageslicht kaum erkennen konnte, war er mit der Reparatur fertig. Er schob das Motorrad durch den strömenden Regen zur Tankstelle und stellte es unter das Vordach. Julio Manzoni würde es am Abend holen.

Im Wohnwagen wärmte Felipe auf dem Gaskocher eine Büchse mit weißen Bohnen. Er schnitt eine trockene Wurst hinein, aß ein Stück Brot dazu und trank eine Dose Bier. Dann zog er den verschmutzten Overall aus und einen sauberen an. Er holte seinen Chrysler aus dem Schuppen, der wie ein geduldiges Pferd neben den Benzinfässern wartete. Er hatte ihm vor vielen Jahren die obere Hälfte des Hecks abgetrennt und sie durch eine hölzerne Brücke ersetzt. Es spritzte, als er durch den Regensee zwischen Schuppen und Wohnwagen auf die Straße rollte.

Er fuhr nach Ruiz de Montoya. Der Leiter der Schule war Schweizer wie er.
»Hast du Maria Inmaculada gesehen?«
Der Schulleiter kannte die Geschichte, die zwischen Felipe und Maria Inmaculada gewesen war. Viele hatten es verurteilt, daß sie bei ihm gelebt hatte. Er nicht.
»Nein. Die letzten Monate nicht.«
»Schickt sie ihre Kinder nicht mehr zu dir in die Schule?«
»Nein.«
Von einem Tag auf den anderen hatte sie Felipe verlassen und war zu ihren Leuten in die Wälder zurückgekehrt. Er stellte sich immer vor, sie habe dort ein Kind von ihm geboren. Seither hatte er sie manchmal von weitem gesehen, zusammen

mit dem dunkelhäutigen Kerl, der ihr ein Kind nach dem anderen machte.
Der Schulleiter sah ihn an, als habe Felipe eine der Depressionen, die zur Regenzeit gehören, und laufe nun der vergangenen Liebe nach.
»Man findet die Indios nie, wenn man sie sucht«, sagte er.
»Weiß ich«, antwortete Felipe schon im Gehen und stieg in sein Auto.
Er fuhr in die entgegengesetzte Richtung, nach Eldorado. Beim großen Einkaufscenter lungerten immer bettelnde Indios herum. Er gab ein paar Pesos aus, bis er einen fand, dem er glauben konnte, daß er Maria Inmaculada kannte und wußte, wo sie zu finden war.
»Du bekommst mehr davon, wenn du sie mir bringst. Zur Tankstelle zwischen Garuhapé und Aristóbulo del Valle. Ist dort niemand, gehst du mit ihr zum Pfarrer in Ruiz de Montoya. Der weiß alles und gibt dir das Geld.«
Felipe fuhr zurück. In einem leeren Faß hinter dem Wohnwagen verbrannte er alle Papiere mitsamt der Pappschachtel. Er holte einen ledernen Sack unter dem Bett hervor und stopfte seine Kleider hinein. Zwei Hosen, zwei Hemden, etwas Unterwäsche und ein Paar Schuhe. Mehr

hatte er nicht. Dann setzte er sich an den Tisch und schrieb mit dem Kugelschreiber langsam und vorsichtig ein paar Sätze. Zuerst auf das eine Blatt, dann auf ein zweites. Jedes Blatt steckte er einzeln in einen Umschlag.
Er ging um den Wohnwagen herum zum Laden und hängte ein Schild an die Glastür. Auf dem Schild stand: »Vorübergehend geschlossen.« Den Schlüssel drehte er zweimal um. Als er an der rostigen Benzinpumpe vorbeikam, die wie eine mißhandelte Heuschrecke aussah, versetzte er ihr einen Fußtritt. Dann stieg er in den Chrysler.

Die Pfarrer in Ruiz de Montoya waren immer junge Schweizer. Sie blieben nie lange. Nach vier, fünf Jahren zog es sie nach Europa zurück. Einer übernahm vom anderen die Schachtel mit Felipes Gespartem.
»Bei mir im Wohnwagen ist es nicht sicher genug«, hatte er zum ersten gesagt, und seither lagen die Goldmünzen in einem Kassenschrank des Pfarrhauses.
»Ich will meine Münzen«, sagte Felipe zu dem Pfarrer, den er nur Pfarrer nannte und nichts weiter.

»Bei dir im Wohnwagen seien sie nicht sicher genug, dachte ich«, sagte der Pfarrer.
»Ich nehme sie nicht mit in den Wohnwagen. Ich gehe damit zur Bank.«
»Du willst dein Gold verkaufen?«
»Nicht alles.«
»Und was tust du damit?«
»Erfährst du später.«
Als er von der Bank zurückkam, überreichte Felipe dem Pfarrer die beiden Briefumschläge.
»Leg sie in deinen Kassenschrank. Den ersten öffnest du, wenn Maria Inmaculada zu dir kommt. Es steht alles drin, was sie wissen muß. Lies es ihr vor. Dem Indio, der sie bringt, gibst du fünfzig Pesos. Und aus dem zweiten erfährst du alles übrige. Du sollst ihn in drei Tagen öffnen.«
»Du willst weg?« fragte der Pfarrer.
»Ja.«
»Wohin?«
»Das steht in dem Brief.«
»Wann kommst du zurück?«
»Weiß ich nicht.«
»Kommst du überhaupt zurück?«
»Wir werden sehen.«
»Bist du für so was nicht zu alt, Felipe?«

»Nein. Leb wohl, Pfarrer.«

Als Felipe zur Busstation an der asphaltierten Straße in Capioví fuhr, regnete es so stark, daß er mitten am Tag die Scheinwerfer einschalten mußte. Er stellte den Wagen ab und schulterte den ledernen Sack, der naß wie ein frisch geschlachtetes Tier aussah.

Am übernächsten Tag, als der Pfarrer Felipe schon beinah vergessen hatte, kam der Indio und brachte Maria Inmaculada. Der Pfarrer öffnete den ersten der beiden Briefe, die Felipe ihm übergeben hatte, und las vor:

»Ich fahre nach Europa. Ich will die Orte meiner Jugend noch einmal sehen. Ich weiß nicht, wann und ob ich wiederkomme. Maria Inmaculada soll den Laden und die Tankstelle hüten. Wenn ich von heute an gerechnet in einem halben Jahr nicht zurück bin, sollen der Laden, die Tankstelle und alles, was dazugehört, ihr Eigentum sein. Sie kann damit machen, was sie will. Ich danke ihr für die Zeit, die sie bei mir war.

Felipe Lützelschwab.«

3

Mitte Juli, sechs Wochen nach dem Treffen in Trogen, kamen Frischknecht, Rothpletz und Meyer schon wieder zusammen. Friedrich Lauer, Meyers Onkel, war im Alter von zweiundneunzig Jahren in Zürich gestorben, auch einer, der in Trogen gewesen war, jedoch mehr als zehn Jahre früher als die drei.

Frischknecht kannte Lauer, weil dieser viele Jahre Vizepräsident des Verwaltungsrats in dem Rüstungsunternehmen gewesen war, zu dessen Generaldirektion Frischknecht gehört hatte. Und Rothpletz kannte Lauer, weil dieser achtunddreißig seine Beziehungen zu Deutschland hatte spielen lassen, damit der damalige Leiter des Basler Kunstmuseums nach Berlin reisen und ›Entartete Kunst‹ erwerben konnte. Rothpletz war damals Doktorand und Assistent am Museum gewesen und hatte den Leiter auf seiner Fahrt nach Berlin begleitet.

Noch bevor die Todesanzeigen in den Zeitungen

erschienen waren, hatte Meyer Frischknecht und Rothpletz angerufen und ihnen mitgeteilt, daß sein Onkel an Herzschwäche gestorben sei. Er bot ihnen an, sie mit dem Wagen vom Zürcher Hauptbahnhof abzuholen, aber beide lehnten ab, schließlich gehöre er ja sozusagen zur engeren Trauerfamilie.

»Ich habe immer ein gespaltenes Verhältnis zu meinem Onkel gehabt, übrigens auch zu seinem Sohn«, hatte Meyer darauf geantwortet und hinzugefügt, daß die Trauerfeier am Dienstag um vierzehn Uhr dreißig im Großmünster stattfinde. Frischknecht und Rothpletz verabredeten sich auf halb zwölf im ersten Stock des Bahnhofsbuffets zum Essen.

»Hast du gehört, daß Arnold Anderegg gestorben ist?« fragte Frischknecht als erstes.

»Nein. Wann?«

»Am Tag nach unserem Trogener Treffen. Urnenbeisetzung drei Tage später in St. Gallen, im engsten Familienkreis. Keine Todesanzeigen, nichts in der Zeitung. Ich habe es durch Zufall erfahren und seiner Witwe in unserem Namen einen Beileidsbrief geschrieben. Keine Antwort. Sie war schon immer seltsam, und erst recht die Tochter.«

»Urnenbeisetzung sagst du?« fragte Rothpletz. »Möchtest du verbrannt werden?«
»Du nicht?«
»Unter keinen Umständen. In unserer Familie ist noch nie jemand verbrannt worden. Ich verstehe nicht, daß Arnold…«
»Warum nicht?«
»Als Historiker, als Archivar.«
»Was hat das mit seinem Beruf zu tun?«
»Ich denke, ein Historiker und besonders ein Archivar müßte daran interessiert sein, daß möglichst viel erhalten bleibt. An Akten, aber auch vom Menschen«, sagte Rothpletz. »Also sind wir schon wieder einer weniger.«
Frischknecht antwortete nicht, denn der Kellner kam und fragte, was sie essen möchten.
Sie bestellten Zürcher Geschnetzeltes mit Rösti.
»Tellerservice«, sagte Frischknecht. »Es wird ja sicher nach der Kirche ein Leichenmahl geben.«
»Lauer soll bis kurz vor seinem Tod praktiziert haben«, sagte Rothpletz, nachdem der Kellner sich entfernt hatte.
»Ja, er war noch am letzten Mittwoch im Büro, wie jeden Tag morgens um halb acht. Am nächsten Tag war er tot«, sagte Frischknecht. »Gerold hat erzählt, er habe immer noch einige aus-

ländische Klienten beraten. Ein zäher Kerl. Und ein hervorragender Wirtschaftsanwalt. Als er bei uns Vizepräsident des Verwaltungsrats wurde und damit der starke Mann in der Firma, ließ er uns Ressortchefs antreten. Wir kamen uns vor wie Rekruten. ›Meine Herren, ich will die Rendite sehen, nur die Rendite; etwas anderes interessiert mich nicht‹, sagte er. Einen von uns, der nicht sofort spurte, hat er innerhalb eines Monats hinausgeschmissen.«

»Er muß auch recht viel von Kunst verstanden haben«, sagte Rothpletz. »Als die Nazis aus den Museen räumten, was ihnen nicht in den Kram paßte, erkannte er als erster, welche Chance sich damit für die öffentlichen Sammlungen in der Schweiz bot.«

»Verstand er wirklich etwas davon, oder ging es auch dabei nur um Geld?« fragte Frischknecht.

»Er war an Kunst interessiert, ich meine, an moderner Kunst, an dem, was die Nazis entartet nannten. Ich weiß, daß er selber damals mehrere Nolde gekauft hat und überhaupt Expressionisten. Wenn es um nichts anderes als Geld gegangen wäre, hätte er die Bilder später wieder verkauft. Aber er hat sie behalten. Das Zürcher Kunsthaus ist jetzt ganz scharf darauf.«

Das Essen wurde gebracht.

»Mich erstaunt dieses Interesse an moderner Kunst«, sagte Frischknecht. »Es paßt irgendwie nicht zu ihm. Man hat Lauer doch während des Krieges eindeutige Nazisympathien nachgesagt.«

»Nicht zu laut, vor allem nicht heute nachmittag, wenn du nicht mit seinem Sohn Schwierigkeiten bekommen willst«, sagte Rothpletz leise.

»Ein Basler Doktorand, der die Sache mit den Ankäufen entarteter Kunst, zugegebenermaßen von heute aus und etwas einseitig, wieder aufgerollt hat, schrieb von einem Zürcher Anwalt, der ein Vertrauensmann der Nazis gewesen sei. Er bekam prompt eine Klage an den Hals. Dabei wurde doch schon während des Krieges gemunkelt, daß Lauer, als Lützelschwab über die Grenze…«

»Das ist nie bewiesen worden. Und Gerold Meyer hat es immer bestritten.«

»Aus Familiensolidarität. Begreiflicherweise«, sagte Rothpletz.

Als die beiden alten dunkel gekleideten Herren wenig später langsam das Limmatquai hinaufgingen, begann es vom Großmünster dumpf mit einer Glocke zu läuten. Vor ihnen wurde eine Zunftfahne in die Kirche getragen. Sie traten in die dämmrige Kühle. Das Großmünster war halb gefüllt.

»Und ich fürchtete schon, wir fänden keinen Platz«, flüsterte Rothpletz.

»Wenn einer zweiundneunzig ist, kennt ihn kaum jemand mehr«, flüsterte Frischknecht zurück.

Sie setzten sich in eine der hinteren Bänke. Vor ihnen waren mehrere Reihen frei. Lauers Familie kam herein, der Sohn, Dr. Lauer, mit Frau und Tochter und weiteren Verwandten, darunter auch Gerold Meyer. Die Glocke hörte auf zu läuten, die Orgel ertönte. Während der Schlußakkorde griff sich Frischknecht hinter das linke Ohr, um sein Hörgerät einzustellen.

Ein junger Pfarrer trat an den Taufstein vorn in der Mitte. Schräg hinter ihm stand die Zunftfahne.

»Weißt du, wer das ist?« fragte Rothpletz leise Frischknecht.

»Ein Stellvertreter«, antwortete Frischknecht ebenso leise. »Der Pfarrer habe Bildungsurlaub, sagt Gerold.«

»Das kann ja heiter werden«, sagte Rothpletz.

Den Lebenslauf hatte die Familie des Verstorbenen geschrieben. Trogen nahm einen gebührenden Platz darin ein, genauso wie das Studium in Berlin und Zürich, der Militärdienst – Rekrutenschule noch während des Ersten Weltkriegs –, die Zunft, der Lauers Familie seit über hundert Jahren angehörte, und die weitverzweigte wirtschaftsjuristische Tätigkeit. Die Nazizeit wurde geschickt umschifft. Mit dem Hinweis auf fast fünfzehnhundert Diensttage wurde kein Zweifel daran gelassen, daß Lauer ein verläßlicher Offizier und Patriot gewesen war.

Auf den Lebenslauf folgte ein Cellospiel mit Orgelbegleitung. Frischknecht schaltete vorübergehend das Hörgerät aus. Als er es wieder einschaltete, gab es einen leichten hohen Pfiff.

Dann las der Pfarrer aus der Bibel. Altes Testament, Buch Josua, Kapitel sechs, die Geschichte von der Eroberung der Stadt Jericho durch die Israeliten. Frischknecht und Rothpletz schauten einander an. Normalerweise erwartete man an dieser Stelle einen Psalm. »Wer unter dem Schirm des Höchsten steht«, »Auf dich, o Herr, vertraue ich« oder etwas in der Art. Frischknecht schüttelte leicht den Kopf, Rothpletz hob die Achseln. Frischknecht griff sich noch einmal hinters Ohr, um das Gerät nachzustellen.

Der junge Pfarrer wollte die Geschichte aus der Perspektive der Einwohner Jerichos verstanden wissen. Sie hätten in einer sicheren Stadt gelebt, hätten gehabt, was sie zum Leben brauchten. So hätte ihr Leben ewig weitergehen können. Aber da sei das Volk Israel herangezogen. Von fern her sei die Staubwolke zu sehen gewesen, die der Zug in der Wüste aufgewirbelt habe.
Näher sei sie gekommen, immer näher. Die Bürger Jerichos hätten auf der Stadtmauer gestanden und verschreckt über den Jordan nach Osten geblickt, von wo ihnen Tod und Verderben drohten. Die Stadttore seien geschlossen worden, niemand habe mehr hinausgehen und hereinkommen dürfen. Jericho habe sich verschanzt. Es habe nichts geholfen. Die Mauern seien unter dem Schall der Posaunen Israels zusammengestürzt. Die Stadt Jericho sei dem Erdboden gleichgemacht worden. »Und dennoch«, sagte der Pfarrer, »war es das Heil, das da in Gestalt der Israeliten aus der Wüste kam. Der Gott Abrahams, Isaaks und Jakobs ist der Vater des Messias, der allen Menschen das Heil bringt. Die Zerstörung bereitet das Heil vor. Das Gute wird niedergerissen, damit das Vollkommene aufgebaut werden kann. Der Tod ist der Anfang des Lebens.«

So, sagte der junge Pfarrer am Taufstein, sei es auch mit unserem Tod. Wir fürchteten ihn als den Zerstörer unserer Lebensstadt. Zwar stapelten wir in unseren Tresoren die Wertpapiere. Aber wenn wir sie genauer betrachten würden, seien es ausnahmslos Schuldscheine. Einem Schuldner jedoch könne nichts Besseres geschehen, als daß seine Schuldscheine vernichtet würden.
An dieser Stelle habe er erwartet, der Pfarrer werde, was Lauers Rolle während der Nazizeit angehe, deutlicher, sagte Rothpletz später zu Frischknecht.
Orgelspiel, nochmals Gebet, dann die Mitteilung, jedermann sei nach der Trauerfeier ins Zunfthaus zum Essen eingeladen. Zum Schluß Segen und Hinausgehen unter Orgeltönen.
Die beiden alten Herren drückten die Hände der Angehörigen, die am Ausgang standen, und stotterten ein paar abgebrochene Sätze. Gerold Meyer trat auf sie zu.
»Ihr kommt doch noch mit ins Zunfthaus?«
»Gerne.«
»Dann sehe ich euch dort.«
Und während Frischknecht und Rothpletz langsam die Stufen zum Limmatquai hinabstiegen,

fragte Frischknecht: »Wie hast du die Predigt gefunden?«
»Etwas ungewöhnlich«, antwortete Rothpletz.
»Kann man wohl sagen. Ist ja auch nicht einfach, sich jedesmal etwas Neues auszudenken. Trotzdem störten mich die Schuldscheine sehr. Und überhaupt klang es mir zu stark nach Erbsünde. Ich dachte immer, wir Protestanten kennten sie nicht.«
»Da irrst du dich möglicherweise«, sagte Rothpletz. »Aber ich bin kein Theologe.«
»Wir müßten Kellerhals fragen. Nur kann der nicht mehr kommen.«

Im Zunfthaus saßen sie an einem runden Tisch im Hintergrund. Gerold Meyer setzte sich zu ihnen. »Hier sind wir unter uns«, sagte er.
Sie aßen schweigend. Frischknechts Gebiß knackte, als zerbeiße er Haselnüsse. Zu trinken gab es Klevner, den roten Zürcher Landwein.
»Gestern las ich einen Artikel über Stauffenberg in der Zeitung, zum zwanzigsten Juli«, sagte Frischknecht. »Ziemlich abstoßend, der Adelsdünkel, den der Mann gehabt haben soll.«
»Ich dachte immer, er sei ein Held gewesen«, sagte Meyer.

»Nimm einen Helden, kratz dran, und es kommt ein fragwürdiger Mensch darunter hervor«, sagte Rothpletz. »Die Geschichtsschreibung sei ein Gericht, hat ein Basler gesagt.«

»Trotzdem ist es großartig, was Stauffenberg getan hat«, sagte Meyer.

»Aber ein demokratisches Deutschland hättest du von dem nie bekommen«, sagte Frischknecht.

»Apropos Zeitung. Habt ihr das gelesen?« Rothpletz holte eine zusammengefaltete Seite aus der Tasche seines Jacketts und las vor: »›SS-Offizier in Argentinien verhaftet. Die argentinische Polizei hat den als Kriegsverbrecher gesuchten ehemaligen SS-Offizier Rolf Floßmann festgenommen. Sie ist damit einem Antrag Griechenlands nachgekommen. Wie das griechische Innenministerium am Dienstag mitteilte, sind griechische Beamte nach Argentinien unterwegs. Floßmann, der in der Anden-Stadt Bariloche lebte, wird von den griechischen Behörden vorgeworfen, im März 1943 die Erschießung von mehr als zweihundert Geiseln in der Nähe von Athen befohlen zu haben.‹ Erinnert mich an unsern Lützelschwab«, schloß Rothpletz.

»Was heißt ›unsern Lützelschwab‹?« rief Meyer.

»Er ist nicht ›unser‹ Lützelschwab.«

»So habe ich es nicht gemeint«, sagte Rothpletz schnell.

»Mit Lützelschwab haben wir nichts mehr zu tun«, sagte Frischknecht.

»Du hast ihn doch damals, im Krieg, gesehen. Wo war das eigentlich?« fragte Meyer.

»Im Sudetenland«, sagte Frischknecht.

»Im Sudetenland?« Es war eine schmale junge Frau um die dreißig, die fragte.

»Meine Nichte Esther Lauer, eine Enkelin des Verstorbenen. Journalistin in Luzern«, sagte Meyer. Dann stellte er seine Klassenkameraden vor.

»Wir haben damals mit den Deutschen über die Lieferung von Maschinenbauteilen verhandelt«, antwortete Frischknecht zögernd. »Dabei habe ich Lützelschwab getroffen und sofort erkannt, obwohl er so tat, als sei er es nicht.«

»Und dieser Lützelschwab war Schweizer?« fragte Esther.

»Ein Schweizer, der zu den Nazis übergelaufen ist. Begreifen Sie, daß wir nichts mit solchen Leuten zu tun haben wollen?«

»Und wie ist er hinübergekommen?«

»Darüber wird gemunkelt…«, sagte Rothpletz.

»Was?«

»Daß Ihr Großvater dabei möglicherweise die Hand im Spiel gehabt hat.«

Frischknecht und Rothpletz schauten Meyer an. Meyer sagte: »Jetzt kann man ja darüber reden, wo er tot ist. Ich bin fast sicher, daß er Lützelschwab hinübergeholfen hat. Seine Adresse hatte Lützelschwab von mir. Als wir uns nach der Matura, es muß etwa sechsunddreißig gewesen sein, in Zürich trafen und Lützelschwab, der ja sonst wenig redete, vom neuen Deutschland und seinen technischen Leistungen schwärmte, sagte ich im Scherz: ›Wenn du Empfehlungen brauchst, sag's mir. Ich weiß einen, der sie dir geben kann.‹ Onkel Friedrichs Sympathien waren ja bekannt. Kurz vor Ausbruch des Krieges besuchte mich dann Lützelschwab eines Tages und fragte nach der Adresse.«

»Ist das sicher? Großvater soll eurem Klassenkameraden geholfen haben?« fragte Esther.

»Sicher weiß in dieser Sache niemand etwas«, sagte Meyer.

4

Hätte Meyers Nichte Esther den Korrespondenten in Buenos Aires noch am selben Abend angerufen, wäre die Geschichte möglicherweise hier zu Ende gewesen. Doch sie tat es nicht. Sie wartete zwei Tage und war inzwischen fleißig.

Esther Lauer kannte Brand nicht persönlich, aber sie kannte seinen Ruf, und der war gut und hätte nicht besser sein können. Zwar galt Brand als schwierig, ein älterer bärbeißiger Macho, aber im deutschen Sprachraum war er einer der ausgewiesensten Kenner Südamerikas. Seit dreißig Jahren drüben, hatte er Regimes kommen und gehen sehen, kannte jeden, hatte überall Zutritt. Wenn morgen irgendwo in Südamerika geputscht wird, tippt es Brand heute in die Maschine, hieß es in den Redaktionen.

»Sieh an, sieh an, die Heimat interessiert sich plötzlich für den alten Lützelschwab«, antwortete Brand auf Esthers Frage. In der Leitung war es einen Augenblick lang still. »Vor Jahren habe ich bei ihm auf der Fahrt zu den Iguaçú-Fällen zwischen Campo Grande und Eldorado den Tank gefüllt. Ansonsten hört und sieht man nichts von ihm. Er scheint seine Werkstatt kaum zu verlassen, geht niemals zu den Veranstaltungen der Schweizer Kolonie. Gerüchte? Ja, Gerüchte habe ich gehört, aber das ist lange her. Es sei mit ihm etwas nicht ganz in Ordnung. Er habe in old Europe einiges ausgefressen. Ich bin damals der Geschichte nachgegangen, habe manches gefunden, aber es hat niemanden interessiert. Lützelschwab ist nicht gerade erste Garnitur. Ich schaue, was ich tun kann, meine Liebe, und melde mich wieder. So long.«

Brands legendäre Kartei war auch in diesem Fall ergiebig. Außer Lützelschwabs Namen und dem Datum von Brands Besuch bei ihm stand noch anderes auf der Karte. Eine halbe Stunde später faxte Brand eine lange Nachricht an Esther.

»Lützelschwab, Philipp. Geboren am 14.7.1914 in Baden/Schweiz. Vater Arzt und Oberst der Sanitätstruppen. Mutter aus der Industriellenfamilie der Wäckerli. Gymnasium in Trogen AR, Matura 1933. Ingenieurstudium (Maschinenbau) an der ETH Zürich. 1935 Rekrutenschule, später Unteroffiziers- und Offiziersschule. 1936 Leutnant. Während des Studiums politisch unauffällig. Beziehungen zu nazifreundlichen Frontistenorganisationen nicht bekannt. Studienabschluß im Herbst 1937. Rückt bei der Mobilmachung im September 1939 ein. Bekommt am 12. Oktober 1939 für vierundzwanzig Stunden Urlaub. Kehrt nicht zur Truppe zurück. Gilt wochenlang als vermißt, man rechnet mit einem Verbrechen. Anfänglich keine Anhaltspunkte, daß L. sich ins Ausland abgesetzt haben könnte, bis ein Bauer in seiner Scheune nahe der deutschen Grenze, unter dem Heu versteckt, eine Leutnantsuniform findet. Größe und Abzeichen weisen sie als diejenige von L. aus. Jemand aus der Gegend will Wochen vorher einen jungen Mann in Zivil auf einem Fahrrad gesehen haben, zweimal am selben Tag. Das eine Mal in Richtung Grenze mit einem Paket auf dem Gepäckträger, das andere Mal von der Grenze zurück, ohne Paket. Aufgrund der Spuren war anzunehmen, daß L. illegal die Grenze zu Nazideutschland überschritten hatte. Das bestätigte sich, als L.s Eltern einen Brief aus Leipzig erhielten, worin L. seinen Entschluß mit

der Bewunderung für die technischen Leistungen der Deutschen rechtfertigte.
Für L.s Familie war es eine Katastrophe. Der Vater schoß sich eine Kugel in den Kopf. Die Mutter lebte zurückgezogen und kränkelnd bis in die sechziger Jahre in ihrem Haus in Baden. L. hatte keinerlei Verbindung zu ihr. L.s einzige Schwester litt an schizophrenen Schüben und war bis zu ihrem Tod 1974 in der Anstalt Königsfelden.
L. sollte in die Waffen-SS aufgenommen werden. Da L. angeblich nicht bereit war, unbedingten Gehorsam zu geloben, sondern in bezug auf einen möglichen Angriff gegen die Schweiz Vorbehalte anmeldete, sah man davon ab. Statt dessen wurde L. in der Braunkohleproduktion von Großplötznitz bei Leipzig eingesetzt. Aufsicht über polnische Zwangsarbeiter. Ab Herbst 1942 Abteilungsleiter einer Maschinenfabrik in Liebenau, Reichsgau Sudetenland. Aufsicht über russische Zwangsarbeiter. Im Frühjahr 1945 floh L. nach München, tauchte 1947 in Argentinien auf. L. soll über eine kirchlich getarnte Organisation nach Südamerika geschleust worden sein, wie viele alte Nazis.«

Brand lebte lange genug in Argentinien, um auch den Mann zu kennen, der den Nazigrößen die Tür nach Argentinien offengehalten hatte: Fernando Becker. Die Kanzlei führte inzwischen sein Sohn, Doktor Alejandro Becker. Er stand dem Vater in seinen zweifelhaften Geschäften in nichts nach.

Brand ließ sich mit der Sekretärin von Becker junior verbinden. Er wußte, wie redselig der Mann war, der gern mit seinen anrüchigen Bekanntschaften kokettierte.

»Herr Becker ist heute nicht mehr zu sprechen«, antwortete die Sekretärin, »aber morgen um siebzehn Uhr.«

In Buenos Aires regnete es bei Felipes Ankunft genau so heftig wie in Ruiz de Montoya. Der Alte hatte einen dicken Mantel übergezogen. Die Schuhe waren durchnäßt, kaum daß er den Busterminal verlassen hatte. Seinen ledernen Sack hatte er geschultert. Er lief zu einer Telefonkabine.

»Verbinden Sie mich mit dem Advokaten.«

»Ihr Name?« fragte die Sekretärin.

»Den sage ich dem Advokaten.«

»Tut mir leid, ohne Ihren Namen ...«

»Sagen Sie ›Vergißmeinnicht‹.«
»Sofort. Einen Augenblick.«
»Becker«, sagte eine ölige Stimme.
»Vergißmeinnicht«, antwortete Felipe.
»Vergeß ich nicht«, darauf der Advokat. »Wer sind Sie?«
»Lützelschwab. Felipe Lützelschwab. Ich muß Sie dringend sprechen. Sie kennen mich nicht, aber Ihr Vater ...«
»Wo sind Sie?«
»Am Busterminal.«
»Setzen Sie sich in ein Taxi und kommen Sie her.«
Beckers Kanzlei war jetzt im siebten Stock eines Hochhauses in der Nähe der Plaza Major, neben Arztpraxen und Vertretungen nordamerikanischer Firmen. Felipe fuhr mit dem Lift hinauf.
Der Schreibtisch war noch derselbe wie vor fast fünfzig Jahren. Eine schwere Platte aus dunklem Holz mit Löwenfüßen, wie der Altar einer fernen Himmelsgottheit. Alejandro Becker war Mitte Fünfzig; er hätte Felipes Sohn sein können.
»Wir haben lange nichts von Ihnen gehört, Don Felipe«, sagte Becker. Die dickrandige dunkle Brille gab ihm das Aussehen eines Waffenschiebers. Der Vater hatte den durchtrainierten SS-

Offizieren geglichen, denen er in Argentinien Unterschlupf verschafft hatte. Der Sohn sah eher aus wie eine gefräßige Qualle.

»Sie sind zu keinem einzigen Treffen gekommen.«

Er hielt eine Karteikarte in der einen Hand und schlug damit auf den Daumennagel der anderen.

»Ich hatte keine Lust«, brummte Felipe.

»Zusammenhalt ist wichtig. In Ihrer Situation besonders. Sonst wären Sie jetzt nicht hier, Señor Lützelschwab.«

Er sprach den Namen mit starker Zäsur zwischen den Silben aus, als wolle er ihn sezieren.

»Was also ist Ihr Problem?«

»Ich brauche einen Paß.«

»Sie haben sich nie um Papiere bemüht.«

»Schweizerische hätte ich bekommen können. Sie stehen mir zu. Mein Fall ist verjährt.«

»Warum wenden Sie sich dann nicht an die Schweizerische Botschaft, Señor Lützelschwab?«

Wieder die sadistische Tranchierung seines Namens.

»Weil ich nicht unter meinem Namen reisen will.«

»Reisen wohin?«

»Señor Becker, ich bin ein alter Mann, und ich habe seit Kriegsende Europa nicht mehr betreten. Ich will noch einmal nach Leipzig fahren, nach Großplötznitz, nach Liebenau, nach Baden, nach Zürich, nach Trogen, wo ich zur Schule gegangen bin. Ich will alle diese Orte meines früheren Lebens noch einmal sehen.«

»Sie sagen Liebenau?«

»Ja, Liebenau.«

»Wo ist das?«

»Im heutigen Tschechien, im früheren Sudetenland.«

»Noch vor wenigen Jahren hätten Sie nicht dorthin reisen können. Man hätte sie festgenommen, wenn man Sie erkannt hätte. Gleichgültig, ob Ihr Fall in der Schweiz verjährt ist oder nicht. Festgenommen als Kriegsverbrecher.«

»Ich habe keine Verbrechen begangen. Weder in Großplötznitz noch in Liebenau. Meine Polen in Großplötznitz und meine Russen in Liebenau arbeiteten gut, und ich war gut zu ihnen. Ich gab ihnen genug zu essen.«

»Vergleichsweise genug. Im Vergleich zu den Zwangsarbeitern anderer Abteilungen und anderer Werke hatten Ihre Polen und Ihre Russen genug zu essen, geheizte Baracken, warme Kleider. Aber im Vergleich zu Ihnen selbst beispielsweise?«

»Ich tat, was ich konnte. Als ich mehr tun wollte, hat die Gestapo mich bedroht.«

»Ich sage ja nichts, Don Felipe. Ich sage gar nichts. Nur, daß die roten Tschechen Sie eingelocht und vielleicht erschossen hätten, wenn Sie eingereist wären. Und auch heute ist es sicherer, Sie fahren mit einem falschen Paß.«

»Nicht nur in Liebenau«, sagte Lützelschwab.

»Nein, auch in der Bundesrepublik, in Leipzig, meine ich.« Becker lachte. »Noch immer verbinde ich die Namen Leipzig und Bundesrepublik nicht miteinander. Leipzig liegt in Deutschland. Aber in der Bundesrepublik? Und auch in der Schweiz haben Sie mehr Ruhe, wenn Sie nicht als Philipp Lützelschwab, Schweizer Bürger, daherkommen. Ich verstehe. Was für ein Paß soll es sein?«

»Lieber kein argentinischer.«

»Natürlich nicht. Wir sind keine Dilettanten, Don Felipe. Irgendeine Vorliebe?«

»Kein argentinischer, kein deutscher, kein tschechischer, kein Schweizer Paß.«

»Bleiben genügend andere. Wir werden sehen, was wir tun können.«

»Ich habe wenig Zeit. Ich kann nicht wochenlang warten.«

»Er wird nicht billig sein.«

»Ich habe Geld.«

»Unter fünftausend Pesos wird es nicht abgehen. Dafür bekommen Sie ein wasserdichtes Papier.«

»Hier sind fünftausend Pesos, Advokat. Beschaffen Sie mir den Paß. Ich hole ihn morgen um diese Zeit hier ab.«

»Das ist wenig Zeit.«

»Genug für dieses Geld, Advokat.«

Der Alte zählte die Noten auf Beckers Altartisch. Der Advokat schaute ihm auf die Finger wie ein hungriger Geier und zählte mit stimmlosen Lippen mit. Als er fertig war, blickte Lützelschwab auf, dem Advokaten direkt ins Gesicht, und nickte. Becker nickte zurück. Lützelschwab stand auf, knöpfte wortlos seinen Mantel zu und schulterte den ledernen Sack.

»Bis morgen um diese Zeit«, sagte er.

»Bis morgen«, sagte Becker. Er machte Anstalten, aufzustehen.

»Bemühen Sie sich nicht, ich finde die Tür selbst.«

Mit großen Schritten verließ Lützelschwab das Büro.

In einer grellgelb bemalten Pension in La Boca an einem Seitenarm des Rio de la Plata weit abseits der Hafenanlagen mietete er ein Zimmer. Er ließ sich das Essen heraufbringen und eine Flasche Wein und blieb den ganzen Abend, die Nacht und den folgenden Vormittag im Zimmer. Gegen zwei Uhr am Nachmittag bezahlte er die Rechnung und schwang den ledernen Sack über die Schulter.
Es regnete immer noch und war kalt. In Europa herrsche eine Hitzewelle, hatte er in einer Zeitung gelesen, die im Abfallkorb unter dem Waschbecken gelegen hatte. Lützelschwab schlug den Mantelkragen hoch und trat entschlossen in den Regen hinaus.

Es war ein peruanischer Paß. Felipe verzog das Gesicht.
»Ein spanischer wäre mir lieber gewesen. Spanien ist inzwischen eine unverdächtige Demokratie. Ich liebe Südamerika nicht.«
»Kennen Sie Spanien, Don Felipe?«
»Nein. Nie da gewesen.«
»Nehmen wir an, es quatscht Sie einer an, irgendwo unterwegs, und fragt, woher Sie kommen und ob Sie Tarragona kennen oder Ver-

wandte im Baskenland haben? Was wollen Sie antworten?«

»Ich lasse mich nicht anquatschen, von niemandem«, sagte Lützelschwab.

»Peru ist trotzdem besser.«

»Besser für Ihr Geschäft, Señor Becker?«

»Bitte keine Unterstellungen. Vergessen Sie nicht, daß ich der einzige bin, der Ihnen heraushelfen kann.«

»Vergißmeinnicht«, flüsterte Felipe und steckte den Paß ein.

»Genauso ist es. Haben Sie den Flug schon gebucht?«

»Nein.«

»Sie wollten doch so schnell wie möglich weg. Ein Ticket ist bestellt und bezahlt. Buenos Aires-Frankfurt. Auf den neuen Namen. Sie brauchen es nur am Flughafen abzuholen. Die Maschine geht um siebzehn Uhr fünfzig. Übrigens, vergessen Sie nicht, den neuen Paß zu unterschreiben.«

Felipe holte den Paß aus der Manteltasche und unterschrieb. Er bezahlte den Flugschein, stand auf und schwang den Ledersack wieder über die Schulter.

»Danke«, sagte er.

»Nichts zu danken, Don Felipe«, sagte Becker.

»Das ist unser selbstverständlicher Service. Vergißmeinnicht. Wann kommen Sie zurück?«

»Weiß ich nicht«, sagte Lützelschwab, schon in der Tür.

Als Brand das gläserne Hochhaus betrat, kam ihm ein alter Mann in einem abgetragenen Wintermantel mit hochgeschlagenem Kragen entgegen, der einen ledernen Sack, eine Art Seemannssack, über der Schulter trug. Brand trat einen Schritt zurück und hielt dem Alten die Tür auf.

»Bitte«, sagte Brand und ließ ihn vorbei.

Der Alte sah aus wie ein Bettler, wie einer, kurz bevor die Verwahrlosung unübersehbar wird. Er ging in den Regen hinaus, als wäre es sein Schicksal, naß zu werden, und marschierte durch den dichten Spätnachmittagsverkehr über die Straße davon. Brand schaute ihm nach. Dann fuhr er mit dem Lift nach oben und meldete sich in Beckers Vorzimmer.

»Einen Augenblick noch, bitte«, sagte die junge Dame, deren Fingernägel viel zu rot bemalt waren. Brand setzte sich neben eine Kübelpalme auf einen unbequemen Stuhl. Er hörte das Telefon unablässig läuten. Man ließ ihn mehr als eine

halbe Stunde warten. Dann erschien, händeringend in gespielter Verzweiflung, Becker und bat wortreich um Verzeihung.
»Heute wollen alle etwas von mir.«
Brand folgte ihm in sein Büro mit dem Altartisch auf den Löwenfüßen. An den Wänden standen in dunklen Schränken ledergebundene Gesetzessammlungen. Becker war betont höflich. Er fragte, was Brand trinken wolle. Man einigte sich auf einen nachmittäglichen Scotch. Die Hände auf den Knien gefaltet, verlegen ins Leere schauend, warteten beide, bis das Mädchen mit den feuerroten Fingernägeln die klobigen Gläser gebracht hatte.
»Soda?«
»Bitte nur wenig. Danke.«
Auch die Zehennägel des Mädchens leuchteten rot. Erst als sie das Büro verlassen und die Tür leise hinter sich zugezogen hatte, hob Becker das Glas und sagte: »Auf Ihr Wohl«, als handle es sich um den Beginn einer Verschwörung.
Der Korrespondent prostete zurück.
»Was kann ich für Sie tun?«
»Doktor, es ist ein offenes Geheimnis in ganz Buenos Aires, daß Ihre Kanzlei unter Ihrem Herrn Vater eine gewisse Rolle bei der Einreise

von – sagen wir – Leuten gespielt hat, denen nach dem Krieg das Pflaster in Europa zu heiß geworden war.«

»Leute, die verfolgt wurden, wollten Sie sagen.«

»Wie immer Sie es nennen wollen. Ihre Kanzlei war federführend.«

»Für wen schreiben Sie?«

»Für Schweizer Zeitungen.«

»Die Schweiz war im Krieg neutral.«

»Was nicht heißt, daß sie oder einzelne ihrer Bürger nicht in diese Geschichten verwickelt gewesen wären.«

Das Gespräch zog sich hin wie ein träge fließendes Gewässer. Als Brand endlich den Namen Felipe Lützelschwab aussprach, verschloß sich Beckers Gesicht.

»Sie hatten doch mit ihm zu tun. Wohnt er immer noch in Misiones?«

»Mir ist nicht bekannt, daß Lützelschwab seinen gesetzlichen Wohnsitz gewechselt hätte. Aber, damit wir keine Zeit vergeuden, mache ich Sie darauf aufmerksam, daß ich grundsätzlich keine Auskunft über meine Klienten gebe.«

Damit war das Gespräch beendet. Der Anwalt erhob sich, und dem Korrespondenten blieb nichts anderes übrig, als zu gehen.

Noch am selben Abend bestieg Brand die Maschine nach Posadas. Das Flugzeug war erstaunlich gut besetzt. Brand saß neben einer jungen Frau, die die *Neue Zürcher Zeitung* las.
»Sie verstehen Deutsch?« fragte Brand.
Sie schaute ihn überrascht an. »Ja, Sie auch, wie ich höre.«
»Ich schreibe für deutschschweizerische Zeitungen. Fliegen Sie nach Posadas?«
»Ja.«
»Wohnen Sie dort?«
»In Ruiz de Montoya.«
»Dann kennen Sie vielleicht Felipe Lützelschwab?«
»Don Felipe, dem die Tankstelle gehört an der Straße von Garuhapé nach Aristóbulo? Den kennen alle.«
»Ich will ein Interview mit ihm machen.«
»Da haben Sie Pech. Don Felipe ist nicht zu Hause. Er fliegt...« Sie schaute auf die Uhr an ihrem Handgelenk. »Er müßte soeben in Buenos Aires abgeflogen sein. Ich arbeite im Flughafenrestaurant. Er trank ein Bier. Ich sagte zu ihm, daß ich erstaunt sei, ihn hier zu treffen.«
»Wohin wollte er?«
»Nach Europa.«

Brand schluckte leer. »Er trägt einen ledernen Sack bei sich?«

»Das tut er immer«, antwortete die junge Frau.

Eine Stunde später landete die Maschine in Posadas. Brand eilte ans Telefon. In Luzern war es nach Mitternacht. Esther nahm ab.

»Ich habe ihn verfehlt. Er bekam Stalldrang und sitzt in einer Maschine nach Frankfurt.«

»Und Sie?« fragte Esther.

»Ich stehe auf dem Flugplatz von Posadas und drehe Daumen. Es regnet, es sind fünf Grad, ich friere, und die nächste Maschine zurück nach Buenos Aires geht morgen vormittag.«

»Dann wünsche ich eine angenehme Nacht«, sagte Esther.

5

Am nächsten Vormittag rief Esther ihren Onkel Gerold Meyer an. Sie mußte lange läuten lassen. Endlich meldete sich die hohe heisere Altmännerstimme, die nicht zum sportlichen Onkel paßte. Es klang jedesmal, wie wenn er aus einem unerlaubten Schlaf geweckt worden wäre und eine Hiobsbotschaft erwartete.

»Euer Mann ist abgeflogen.«

»Welcher Mann?«

»Euer Schulfreund in Argentinien, von dem ihr bei Großvaters Beerdigung erzählt habt. Von Buenos Aires abgeflogen.«

»Er ist nicht unser Schulfreund, Esther.«

»Aber er ging mit euch in dieselbe Klasse.«

»Wenn wir könnten, machten wir das gern rückgängig. Abgeflogen wohin?«

»Nach Europa. Er ist irgendwo zwischen Buenos Aires und Frankfurt in der Luft und wird in zwei Stunden landen.«

»Bist du sicher?«

»Unser Korrespondent in Argentinien hat mich diese Nacht angerufen. Er wollte eurem Lützelschwab ein paar Fragen stellen. Aber der Vogel war weg.«

»Sag bitte nicht ›eurem Lützelschwab‹. Er wird niemals wieder ›unser‹ Lützelschwab. Wir haben nichts mehr mit ihm zu tun.«

»Ich werd's mir merken.«

»Und jetzt?« fragte Meyer.

»Was und jetzt?«

»Was soll jetzt geschehen?«

»Das fragst du mich, Onkel Gerold? Ich weiß es nicht. Es ist euer Fall, nicht meiner. Nach Frankfurt fahren und ihn in Empfang nehmen geht nicht. Dafür ist es zu spät.«

»Könnte man nicht wenigstens in Frankfurt anrufen, um zu erfahren, wohin er will?«

»Wie denn? Die geben dir auf keinem Flughafen der Welt Auskunft über Passagiere. Schon gar nicht am Telefon. Aus Sicherheitsgründen.«

»Und du kennst niemanden, der es herausfinden könnte?«

»Du bist also doch interessiert«, sagte Esther.

»Natürlich bin ich das. Brennend sogar.«

»Obwohl dieser Lützelschwab dich nichts angeht? Nichts und wieder nichts?«

»Laß den Unsinn, Esther. Dazu ist jetzt nicht die Zeit.«
Sie versprach, ihn auf dem laufenden zu halten.

Natürlich kannte sie Leute in Frankfurt. Vor allem kannte sie Leute in Mainz, beim Zweiten Deutschen Fernsehen. Am besten kannte sie dort Roby. Sie hatte Roby letztes Jahr für eine Sendung ins Engadin begleitet, eine Woche lang. Am dritten Abend waren sie in Sils-Maria miteinander ins Bett gegangen. Beide hatten es genossen. Seitdem rief er sie hin und wieder an oder sie ihn. Roby sei vor einer Woche in den Kaukasus abgeflogen, man erwarte ihn in zehn Tagen zurück, hieß es in Mainz. Sie ließ sich mit Mary verbinden, die sie von einer anderen Geschichte her kannte.
»Um elf Uhr fünfundfünfzig kommt ein alter Mann aus Buenos Aires in Frankfurt an. Er heißt Felipe Lützelschwab, ist einundachtzig, Schweizer, reist aber vermutlich unter falschem Namen und anderer Nationalität. Ich möchte wissen, wohin er weiterreist. Kannst du mir helfen?«
»Und du sagst mir nicht, worum es geht?«
»Später. Möglicherweise liegt auch eine Geschichte für dich drin.«

»Alter Mann, falscher Name, falsche Nationalität. Gibt es noch irgendein Erkennungszeichen?«
»Er soll einen Sack, eine Art Seemannssack aus naturfarbenem Leder, bei sich tragen, als einziges Gepäck.«

Meyer kehrte zu seinem Liegestuhl unter dem Sonnenschirm am Bassin zurück.
»Wer war es?« fragte seine Frau.
»Esther. Lützelschwab ist abgeflogen. Richtung Europa. Trifft heute noch ein.«
»Wer ist Lützelschwab?«
»Hab ich dir doch erzählt. Dieser Kerl, der in Trogen mit uns in einer Klasse war und dann zu den Nazis ging.«
Marguerite fragte nicht weiter. Sie drehte sich zur Seite, und bald waren leise Schnarchtöne zu hören.
Meyer aber konnte nicht schlafen. Er wälzte sich nach rechts und nach links. Dann stand er ächzend auf.
»Wohin gehst du?« fragte seine Frau im Halbschlaf.
»Telefonieren.«
»Mit wem?«

»Frischknecht.«
»Hat das nicht Zeit bis zum Abend, wenn es billiger ist? Wozu willst du überhaupt Frischknecht anrufen?«
»Wegen Lützelschwab.«
»Wegen wem?«
»Wegen diesem Klassenkameraden in Trogen. Lützelschwab.«
»Ich begreife nicht, warum ihr euch seinetwegen so aufregt.«
»Immerhin war er in unserer Klasse.«
»Aber nachher hattet ihr doch nichts mehr mit ihm zu tun.«
»Verstehst du nicht? Er ist aus Argentinien abgeflogen. Nach Frankfurt. Er kehrt zurück. Er kommt hierher.«
»Ja und? Soll er, wenn er will. Er ist einundachtzig wie du und wird den Wunsch haben, noch einmal seine Heimat zu sehen. Das ist alles.«
»Es beschäftigt uns eben, daß einer von uns – so etwas getan hat. Es ist eine Schande für die ganze Klasse.«
»Du übertreibst. Vergiß nicht, daß ihr das letzte Mal in Trogen noch ganze drei gewesen seid.«
»Ich gehe jetzt anrufen.«
»Sag Otto einen Gruß von mir. Auch Irina.«

Frischknechts Frau meldete sich.
»Irina, bist du es?«
»Ja, hier ist Irina. Wer ist dort?«
»Gerold. Gerold Meyer ist am Apparat.«
»Wie bitte?«
»Gerold Meyer aus Zürich.«
»Meyer? Ach, Gerold, du bist es. Wie geht es dir? Was macht Marguerite?«
»Irina, hör zu, ich habe nicht viel Zeit. Es eilt. Ist Otto zu Hause?«
»Ja, natürlich. Bei dieser Hitze geht niemand aus in unserem Alter. Ich hole ihn.«
Meyer hörte, wie sich ihre Schritte entfernten, dann ihre Stimme: »Komm schnell. Gerold ist am Telefon. Gerold Meyer. Er hat es eilig.«
Die Schritte näherten sich wieder.
»Er kommt. Steht in der brütenden Sonne und schneidet die Hecke. Unvernünftig. Ich sage immer, er fällt eines Tages tot um, und ich stehe da. Hier ist er. Grüß Marguerite. Ich geb ihn dir.«
»Er ist auf dem Weg hierher«, sagte Meyer nur.
»Das ist«, sagte Frischknecht und schluckte, »das ist schneller gegangen, als wir erwartet haben. Weißt du etwas Genaueres?«
Meyer erzählte.

»Man darf ihn von jetzt an nicht mehr aus den Augen lassen«, sagte Frischknecht.

Der alte Mann mit dem ledernen Sack, der aussah wie ein Seemannssack, kam durch die Paßkontrolle. Mary erkannte ihn von weitem. Er trug einen zerknitterten Leinenanzug und ein offenes Hemd, aus dem sein verschorfter Altmännerhals hervorragte. Unter den Arm hatte er einen Wintermantel geklemmt, was in der Sommerhitze aussah, als schleppe er einen verirrten Eisbären mit sich.

Lützelschwab war groß. Mary war selber einsachtzig, aber der Alte war größer. Und er war sehr hager.

Er blieb stehen, als erwache er in einer neuen Welt. Er schaute sich um. Dann ging er langsam und unsicher weiter. Mary folgte ihm, bis er einen Fahrkartenautomaten gefunden hatte. Mary stellte sich so nahe hinter ihn, daß sie sehen konnte, wohin er fahren wollte. Zum Hauptbahnhof. Mary löste die gleiche Karte. Sie fuhren durch verbaute Industrielandschaft.

Der Alte schaute mit steinernem Gesicht aus dem Fenster. Neugier war nicht darin zu erkennen. Ein altes Gesicht mit kantigem Unterkiefer,

streng nach hinten gekämmtem, weißem Haar, wässerig hellen Augen und einem silbernen Zweitagebart an Kinn und Wangen. Der Sack lag neben Lützelschwab auf dem Sitz.
Am Frankfurter Hauptbahnhof schwang er den Ledersack über die Schulter wie ein greiser Seemann, der die Seefahrt für immer aufgegeben hat, und suchte den Fahrkartenschalter. Wohin die Weiterreise ging, merkte Mary, als sie ihm auf den Bahnsteig folgte. Der Eurocity nach Bebra-Erfurt-Leipzig fuhr wenig später ein.
»Richtung Leipzig«, sagte sie am Telefon.
»Ich bin dir sehr dankbar«, sagte Esther.
»Was willst du eigentlich von dem Mann? Hast du etwas mit ihm zu tun?«
»So ähnlich. Ich sag's dir später, Mary.«

Frischknecht war nicht wieder zu seiner Hecke zurückgegangen. Er saß am Telefon. Rothpletz meldete sich nicht. »Läuft wohl wieder in London in den Museen herum«, schimpfte er. So rief er schließlich Kellerhals in der Altersresidenz bei Bern an.
»Lützelschwab ist auf dem Weg nach Europa. Inzwischen sicher schon gelandet.«
»Wo?«

»Er soll einen Flug nach Frankfurt gebucht haben, sagt Meyers Nichte.«
»Dann will er vielleicht gar nicht hierher.«
»Das wäre für uns alle das Angenehmste«, sagte Frischknecht.
»Ich ertrage keine Aufregungen mehr«, sagte Kellerhals, »und das könnte eine werden, eine große. Nach so vielen Jahren kommt Philipp daher und steht vor dir. Ich wüßte gar nicht, wie mir zumute wäre. Was wird er sagen?«
Als Frischknecht aufgelegt hatte, sagte er zu Irina: »Kellerhals ist eine ängstliche Tante. War er schon in Trogen. Deshalb ist er wohl auch Pfarrer geworden.«

Kellerhals legte sich auf das großgeblümte Sofa in seinem gegen den Sonnenschein abgedunkelten Zimmer, breitete das Taschentuch über die Augen und atmete tief.
Er blieb nur kurze Zeit so liegen. Dann stand er auf, ließ sich vor der Bücherwand auf die Knie nieder und kramte in einem der unteren Schränke. Nacheinander zog er zwei Fotoalben unter einem Haufen Reiseprospekte, Landkarten und Bücher hervor, die Seiten aus braunem Karton, mit braunen Wildlederbändern an der Schmal-

seite zusammengebunden. Mit Mühe stemmte er sich wieder hoch, die Alben in der einen Hand. Lose Fotos rutschten heraus und segelten zu Boden. Kellerhals ließ sie liegen.

Er kehrte zum Sofa zurück und setzte sich aufrecht in eine Ecke. Er zerrte den kleinen Tisch zu sich heran und legte die Alben darauf. Dann öffnete er das erste.

»Aktivdienst 1939–40« stand mit Silberstift in leicht verwackelter Zierschrift auf dem vordersten Blatt. Darunter waren zwei militärische Rangabzeichen gemalt, die sogenannten Korporalsschnüre und die drei Sterne des Hauptmanns. Am unteren Rand stand in der gleichen silbernen Schrift: »Korporal Kellerhals Theophil, Füs. Kp. II/49, 1936–39«. Und darunter: »Hauptmann Feldprediger Kellerhals Theophil, Stab Inf. Rgt. 11, 1940–45«.

Kellerhals begann zu blättern. Die Bilder mit den gezackten weißen Rahmen waren leicht verblaßt. Die Klebeecken waren vertrocknet und fielen beim Umblättern ab. Auf den Fotos waren einzelne Soldaten oder Soldaten in Gruppen zu sehen. Offiziere in Reithosen und Reitstiefeln, nie ohne lederne Handschuhe. Ab der Mitte des Albums nahmen die steifen Hüte und die hohen Kragen mit Offizierssternen zu, während die Soldatenmützen und die auf die Nagelschuhe aufstehenden Soldatenhosen weniger wurden. Unter Stabsoffizieren vor dem Hotel Kreuz in Balsthal, wo er zeitweilig einquartiert war. General Guisan mit Zigarette und Spazierstock besucht im Ledermantel das Regiment. Zwei Seiten danach Feldgottesdienst unter freiem Himmel auf dem Randen bei Schaffhausen, in Sichtnähe der deutschen Grenze. Die Kanzel behelfsmäßig aus Latten zusammengezimmert, an der Stirn die Schweizerfahne.

Kellerhals blätterte weiter. Die Tür hinter ihm öffnete sich. Schwester Hedwig, die Diakonisse und Oberschwester, trat ein.

»Haben Sie schon Ihre Herzpille genommen, Herr Pfarrer?«

Kellerhals schüttelte schuldbewußt den Kopf.

Die Schwester blickte auf die Fotos und setzte sich neben ihn.

»Erinnerungen?«

»Ja. An den Aktivdienst. Ich wollte damals alles fotografisch festhalten. Ich wußte, daß es eine bedeutende Zeit war, eine Zeit, wie nicht alle sie erleben. Jedes Bild ist ein Dokument.«

»Darf ich ein wenig mit hineinschauen?«

»Gern«, sagte Kellerhals und begann zu erklären. »Das hier war im Jura. Da war ich Korporal. Fünfunddreißig habe ich trotz meiner etwas labilen Gesundheit die Rekrutenschule bei der Infanterie in Liestal gemacht. Dann, sechsunddreißig, sogar die Unteroffiziersschule und den Korporal abverdient, wiederum in Liestal. Der Schulkommandant wollte unbedingt, daß ich Offizier werde. Aber da war ich ja schon mitten im Studium und hatte keine Zeit zu verlieren und kein Geld. ›Dann werden Sie mir aber Feldprediger, wenn Sie fertig studiert haben‹, sagte er. Und ich darauf: ›Zu Befehl, Herr Oberst.‹ Es war versprochen.

Hier der erste Wiederholungskurs im Schwarzbubenland. Der hier links ist mein Leutnant, und der rechts der Kompaniekommandant. Streng, aber freundlich. Ein Jurist aus Solothurn. Wurde später Regimentskommandant und Regierungsrat. Tüchtiger Mann.

Hier sind wir unterwegs, aus dem Mittelland ins Emmental. Sie können sich die Strecken nicht vorstellen, Schwester, die man damals marschiert ist. Die Mannschaft zu Fuß. Viele wurden dabei fußkrank, wie wir sagten.

Und das hier ist an der Grenze bei Schaffhausen. Wir graben Feldbefestigungen.
Dann machte ich Examen und wurde ordiniert und in die erste Gemeinde gewählt. Hier das erste Mal als Feldpredigerhauptmann. Alle Feldprediger waren bei uns Hauptleute; das ist noch heute so.
Ich kam in ein Infanterieregiment. Das war mein katholischer Kamerad. Er war Innerschweizer. Ein weitherziger Mensch, der alle leben ließ. Hier bei der Generalmobilmachung, neununddreißig.
Und dies das Wirtshaus in Altdorf, Kanton Schaffhausen, ganz nah der Grenze. Wir waren 1941 lange dort einquartiert. Der Kleine, der da an der Tür steht, wohnte im Nachbarhaus. Er war drei und lief mir überallhin nach.«

»Damals kamen Flüchtlinge über die Grenze. Haben Sie welche gesehen und mit ihnen gesprochen?«

»Sie meinen die Juden? Es waren fast nur Juden. Es war hart. Wir hatten den Befehl, niemanden hereinzulassen. Ich hatte oft mit Soldaten zu tun, die es kaum ertrugen und denen es aufs Gemüt schlug. Einer hat sich deswegen sogar umgebracht. Am Waldrand im Angesicht der Grenze

erhängt. Es gab eine große Geschichte mit Militärjustiz und Divisionsgericht; es war sehr unangenehm.
Hier wieder ein Feldgottesdienst. ›Wenn die Schwaben kommen, reden wir auch in der Kirche nur noch Mundart, damit sie nichts verstehen‹, haben wir unter Kollegen damals abgemacht. So waren die Zeiten.«
Die Schwester stand auf. »Ich lege Ihnen die Pille hierher. Nicht vergessen! Und leben Sie wohl mit Ihren Erinnerungen.«
Als Kellerhals wieder allein war, blätterte er noch einmal in dem Album zurück, bis er das eine Bild fand. Er schaute lange darauf. Dann langte er nach dem zweiten Album. »Trogen 1930–33«. Er suchte das andere Bild. Seine Hände begannen stärker als sonst zu zittern.

Gegen Mittag fand die Schwester Theophil Kellerhals aufrecht in der Ecke seines Sofas sitzend, den Kopf nach hinten gekippt. Er war tot.
Auf dem kleinen Tisch vor ihm lagen aufgeschlagen die beiden Fotoalben, jeweils auf der rechten Seite ein Bild. Das eine zeigte einen Grenzübergang, das andere eine Schulklasse. Auf dem einen im Vordergrund der Schlagbaum, davor

zwei lachende Soldaten, im Hintergrund die Hakenkreuzfahne, deutsche Soldaten unter den kesselförmigen Stahlhelmen. Auf dem anderen Bild die Maturaklasse, in zwei Reihen vor der Trogener Kirche aufgestellt. Am Rand die Namen der Schüler, erst der Familienname, dann der Vorname. Der dritte von links in der hinteren Reihe: Lützelschwab Philipp.

Die Schwester holte den Heimleiter. Sie legten den Toten auf sein Bett. Dann rief der Heimleiter den Hausarzt an. Danach teilte er der nächsten Angehörigen, einer Nichte der verstorbenen Frau, telefonisch mit, daß der Herr Pfarrer Kellerhals heute mittag an einem akuten Anfall seiner chronischen Herzschwäche verstorben sei.

6

Kurz bevor das Haus sich leerte und nur noch die Spätdienste in den Büros herumhockten und je nach Alter und Ehrgeiz hofften, es geschehe nichts oder in dieser Nacht komme die große Katastrophe, lief Esther zum Ressortchef. Der sagte, er wolle heute abend an den See zum Angeln fahren und sei nicht in der Stimmung, lange Geschichten zu hören.

Esther begann trotzdem. Trogen, Generalmobilmachung, *Das Boot ist voll*, was beim Ressortchef panische Abwehrgebärden auslöste.

»Laß mich mit dem alten Plunder in Ruhe, bitte.«

»Der Plunder könnte ein Knüller werden, Karl. Eine Story, wie gemacht für die gebotene Selbstreinigung zum Ersten August, fünfzig Jahre nach Ende des Krieges. ›Die Heimkehr des verlorenen Sohnes‹ oder so ähnlich. Nicht zu vergessen, die daheim gebliebenen Söhne, und was die unerwartete Rückkehr bei ihnen auslöst.«

»Und warum kommst du um fünf Uhr damit zu mir?«
»Weil du mich darauf ansetzen sollst.«
»Meine liebe, verehrte Kollegin Esther, heute setze ich nur noch eines an, nämlich Würmer auf Seeforellen.«
»Das wäre ein Fehler, Chef. Wir sind nahe an einer spannenden Sache. Politisch brisant, gesellschaftlich relevant.«
»Dann bleib dran.«
»Dazu müßtest du mich ein paar Tage springen lassen und mir einen Flug nach Leipzig und zurück finanzieren.«
»Und was noch?«
»Gib mir fünf Tage Urlaub.«
»Meinetwegen, Kind, aber unbezahlten natürlich. Und nun laß mich um Himmels willen angeln gehen.« Er schaute durchs Fenster zum Himmel. »Es liegt ein Gewitter in der Luft. Sie werden anbeißen.«

Esther buchte für den folgenden Morgen. Sie war sicher: Lützelschwab würde von Leipzig aus zuerst nach Großplötznitz fahren, wo er immerhin fast drei Jahre gearbeitet hatte. Dann rief sie noch einmal ihren Onkel Gerold an.

»Ich fliege morgen nach Leipzig. Die Geschichte interessiert mich. Ich will mir euren Mann einmal genauer anschauen.«
Meyer gefiel das nicht.
»Ich sage dir zum hundertsten Mal, daß er nicht unser Mann ist. Du wirst doch nicht über ihn schreiben wollen? Ich bitte dich. Es wäre ein Affront gegen uns alle. Wir wollen mit diesem Individuum nicht in einem Atemzug genannt werden.«
»Noch ist nichts auf dem Papier. Ich dachte nur, es sei wichtig für dich zu wissen, daß ich fahre.«
»Ist es auch. Aber sei bitte diskret.«
»Du hörst von mir.«
»Falls du ihn sprichst, laß unsere Namen aus dem Spiel.«
»Versprochen, Herr Doktor.«

Gleich darauf telefonierte Meyer mit Frischknecht und dann mit Rothpletz, der zu Hause und keineswegs in London war. Auch bei Kellerhals ließ er es klingeln. Aber der meldete sich nicht.
Man müsse sich wieder treffen, schlug er vor, und zwar bald, es gebe viel zu besprechen. Sie verabredeten sich für den folgenden Tag.

»In der Krone?« fragte Frischknecht.
»Lieber als bei dir daheim«, sagte Meyer. »Die Frauen verstehen unsere Aufregung nicht.«
»Irina schon. Aber treffen wir uns trotzdem in der Krone.«

Rothpletz fuhr im Zug nach Zürich und wurde von Meyer im Wagen mitgenommen. Frischknecht hatte in der Krone für den Nachmittag ein Hinterzimmer reserviert. Er saß wie selbstverständlich oben am Tisch und bestellte den Wein. Meyer begann.
»Es geht um Lützelschwab. Wie ihr wißt, hat er nach der Matura an der ETH in Zürich Maschinenbau studiert.«
»Wie ich«, sagte Frischknecht.
»1938 war er mit dem Studium fertig«, fuhr Meyer fort, »ein Semester nach dir, Otto. Er scheint Mühe gehabt zu haben, eine Stelle zu finden. Jedenfalls soll er erwogen haben, nach Südafrika auszuwandern. Ich war Assistent in der Chirurgie, als Lützelschwab eines Tages zu mir kam. Das war im Sommer neununddreißig. ›Du hast versprochen, mir Zugang bei deinem Onkel zu verschaffen‹, sagte Lützelschwab. ›Jetzt brauche ich deine Hilfe. Dein Onkel läßt sich verleug-

nen. Man kommt nicht an ihn heran. Sag ihm, daß ich mit ihm reden möchte und daß du mich kennst.‹

›Du willst doch nicht…‹, sagte ich und muß ihn ziemlich entgeistert angesehen haben.

Aber er schnitt mir das Wort ab. ›Das geht dich nichts an. Ich will mit deinem Onkel reden, und du mußt mir helfen.‹

Ich versprach es, und ich habe es getan. Seitdem habe ich Lützelschwab nicht mehr gesehen. Ich weiß nicht, inwieweit mein Onkel, den man nun ja nicht mehr fragen kann, die Hände im Spiel gehabt hat, als Lützelschwab sich nach Nazideutschland absetzte. Ihr wißt, daß man seinerzeit keine große Geschichte um Lützelschwabs Desertion gemacht hat, weil man Nachahmer nicht animieren wollte. Vielleicht auch aus Angst vor den Deutschen.«

»Er war ja nicht der einzige«, sagte Frischknecht.

»Wen meinst du mit ›der einzige‹?« fragte Rothpletz. »Lützelschwab oder Lauer?«

Doch Meyer ließ sich nicht unterbrechen.

»Ihr habt bei Lauers Begräbnis meine Nichte kennengelernt. Eigentlich ist sie meine Großnichte. Sie hat unsere Unterhaltung gehört und

hat sich auf die Socken gemacht, um Lützelschwabs Geschichte zu verfolgen.
Er geht also über die Grenze. Er kommt jedoch nicht, wie die meisten anderen Überläufer, in die SS, sondern wird in der Braunkohlebrikettfabrikation in Großplötznitz bei Leipzig eingesetzt und hat dort mit polnischen Zwangsarbeitern zu tun. Zweiundvierzig wird er nach Liebenau im Sudetenland versetzt als technischer Leiter einer Maschinenfabrik. Dort hast du, Otto, ihn ja dann gesehen.«
»Wobei er so tat, als kenne er mich nicht«, sagte Frischknecht.
»Und wieder Zwangsarbeiter, diesmal Russen«, sagte Meyer.
»Von denen die meisten aus der Gegend von Moskau kamen«, warf Frischknecht ein. »Ihr wißt, daß meine Frau ursprünglich aus Moskau stammt. Ihre Eltern flohen nach der Revolution, aber ein Teil der Verwandtschaft blieb zurück, und soviel wir erfahren haben, sind mindestens ein Cousin und eine Cousine von den Deutschen als Zwangsarbeiter verschleppt worden. Beide sind von dem sogenannten Reichseinsatz nicht zurückgekehrt und gelten als verschollen. Ich habe mich inzwischen erkundigt – das kann man

ja jetzt. Die letzten Lebenszeichen von ihnen stammen aus dem damals sogenannten Sudetenland im heutigen Tschechien. Wenn ich bedenke, daß ich dort war und ein paar hundert Meter weiter möglicherweise Verwandte meiner Frau arbeiten mußten, bis sie tot umfielen …!«

»Lützelschwab blieb bis kurz vor Kriegsende in Liebenau, dann setzte er sich nach dem Westen ab und gelangte auf irgendeinem Weg nach Argentinien«, fuhr Meyer fort. »Er soll seitdem dort zurückgezogen leben, ein Sonderling, der in einer primitiven Werkstatt alles repariert, was mit Maschinen zu tun hat.«

»Und jetzt kommt er also«, sagte Rothpletz.

»Ja, jetzt kommt er«, sagte Meyer, »und bringt die alten Geschichten zurück.«

Frischknecht winkte ab. »Es steht noch nicht fest, daß er wirklich hierherkommt. Wir kennen seine Pläne nicht. Vielleicht will er bloß nach Leipzig und nach Tschechien.«

»Kannst du dir das vorstellen?« fragte Rothpletz. »Kommt nach fünfzig Jahren nach Europa zurück, fährt an die Orte, wo er Zwangsarbeiter ausbeutete, aber die Orte seiner Kindheit, seiner Schulzeit, des Studiums, läßt er links liegen und fährt, ohne sie wiedergesehen zu haben, in die

argentinische Abgeschiedenheit zurück? Das halte ich für ausgeschlossen.«
»Du vergißt, daß er ein alter Mann ist. Immerhin denkbar, daß seine Kräfte nicht ausreichen. Überhaupt könnte er sterben, ehe er am Ziel seiner Reise ist.«
»Oder es könnte unterdessen die Welt untergehen«, ereiferte sich Rothpletz. »Das ist doch alles dummes Zeug! Wunschträume sind das! Wir müssen damit rechnen, daß er eines Tages bei einem von uns vor der Haustür steht. Das ist es, womit wir rechnen müssen.«
»Und nun stellt euch vor, ein Journalist kommt dahinter«, rief Meyer. »Für meine Nichte lege ich die Hand ins Feuer. Aber wer garantiert uns, daß Lützelschwabs Ankunft verborgen bleibt? Ein gefundenes Fressen für einen Schreiberling. Und stellt euch weiter vor, dieser Journalist klingelt bei euch, hält euch ein Mikrofon unter die Nase und fragt: ›Herr Frischknecht, Sie waren doch ein Klassenkamerad von Philipp Lützelschwab und sollen ihn während des Krieges in Liebenau gesehen haben. Was sagen Sie zu seiner Rückkehr?‹«
»Ich glaube nicht, daß er kommt«, sagte Frischknecht. »Er scheut die Folgen.«

»Ich muß dich leider enttäuschen«, sagte Meyer. »Seit Winter gestorben ist, haben wir keinen Juristen mehr in unserem Kreis. Da habe ich halt einen anderen gefragt. Was geschähe einem, fragte ich, der am Anfang des Krieges nach Deutschland desertierte, dort in Fabriken, in denen Zwangsarbeiter beschäftigt waren, führend tätig war und sich nach dem Krieg nach Argentinien davonmachte? Wißt ihr, was der Jurist mir antwortete? Nichts. Nichts geschähe dem Mann. Alles längst verjährt.«

Sie schauten einander schweigend an. Die Flasche war leer.

»Noch eine?« fragte Frischknecht und rief den Kellner.

»Es gibt Dinge, die nicht verjähren. Verrat ist eines davon«, sagte Frischknecht.

»Und es gibt Leute, die nicht ungeschoren davonkommen dürfen, weil es eine Schande für die anderen wäre«, sagte Meyer.

»Lützelschwab hat Schande über uns gebracht«, sagte Rothpletz.

»Und ob er Schande über uns gebracht hat!«

»Wir dürfen sie nicht auf uns sitzen lassen.«

»Wenn keiner etwas tut, sind wir aufgerufen, ein Zeichen zu setzen.«

»Der Schandfleck muß ausradiert werden«, sagte Frischknecht.

Als die Sonne sich hinter den Alpstein zurückzog und der Kellner des Gasthauses zur Krone mehrfach nachgeschenkt hatte, stand für Meyer, Frischknecht und Rothpletz fest, daß etwas geschehen müsse. Lützelschwab mußte von den Überlebenden seiner Klasse zur Rechenschaft gezogen werden.

»Wenn es eine Gerechtigkeit gäbe, dann hätte er das Leben verwirkt«, sagte Meyer.

»Wir können ihn nicht entführen und aufhängen«, sagte Rothpletz.

»Wer wäre berufener als wir, ihm zu geben, was er verdient? Wir finden einen Weg für die Gerechtigkeit, Freunde«, sagte Meyer.

Die beiden anderen nickten.

Meyer bezahlte. »Heute seid ihr meine Gäste.«

Vor dem Gasthaus zur Krone verabschiedete sich Frischknecht von Meyer und Rothpletz. Meyer und Rothpletz bestiegen Meyers Wagen. Alle drei waren nicht mehr ganz nüchtern.

7

Lützelschwab mußte in Erfurt umsteigen. Er trank ein Bier und ließ sich Zeit. Als er in Leipzig ankam, war es zehn Uhr abends. Er stand in der riesengroßen Halle, in der außer ein paar betrunkenen Jugendlichen kaum jemand mehr war. Dann gab er sich einen Ruck. Den Ledersack geschultert, verließ er den Bahnhof.
Er schaute sich nicht um und hielt sich nicht auf und suchte nicht lang. Er mietete über einer Kneipe nahe bei St. Nikolai ein Zimmer. Es stank darin nach Bier und Schweiß und Rauch. Beim Essen in der Kneipe lag der Sack wie ein folgsamer Hund neben ihm auf der Eckbank. Als er ins Zimmer hinaufging, nahm er aus der Kabine das Telefonbuch für Leipzig mit.
Im schlechten Licht der Deckenlampe schlug er als erstes unter M nach. M-a, Marthe, Martin, Martyr, Martzschke. Zwei Martzschkes in ganz Leipzig. Das erste war ein Mann: Martzschke Otto. Nicht, was er suchte. Das andere war eine

Frau: Martzschke Anna. So hieß sie nicht. Sie hieß Luise. Dann weiter Jaumann. Davon gab es eine Viertelseite, aber keiner mit dem richtigen Vornamen. Koschanke gab es nicht. Hingegen Niemann. Mehrere, Gustav darunter. Keine Berufsangabe. Er könnte es sein. Wenn nicht, war es vielleicht sein Sohn.

Lützelschwab riß ein Stück der *Frankfurter Allgemeinen* ab, die er aus dem Flugzeug mitgebracht hatte, und schrieb Telefonnummer und Straße auf. Dann zog er die Schuhe aus und ging vorsichtig, damit keiner ihn hörte, die Treppe hinunter und klemmte das Telefonbuch wieder in die Hülle. Als er die Kabine verließ, kam die Wirtin aus der Kneipe. Es blieb ihm nichts anderes übrig, als noch ein Bier zu trinken. Niemand merkte, daß er keine Schuhe an den Füßen hatte.

Es war eine Siedlung, wie sie in Hitlers Anfangszeit zu Propagandazwecken für Arbeiter gebaut wurden. Mit einem Garten für Gemüse und einem Stall für das Kleinvieh. Kleinviehhaltung war obligatorisch. Vier Reihen Häuser, dazwischen Gärten. Straße, Häuserzeile, Gärten, Häuserzeile, Straße und so weiter. Nur wenige Häuser hatten die ursprüngliche Form bewahrt.

Überall Dachaufbauten, überdeckte Lauben, sogar Wintergärten. Und Garagen, Unterstände. Kleinvieh hielt keiner mehr, Schweine wären heutzutage sicher verboten.
Es war das zweitletzte Haus in der ersten Straße. Das Straßenschild war vor kurzem ausgewechselt worden. Das alte war breiter gewesen. Man sah noch die Schmutzränder. Da und dort ein undichtes Dach, eine durchgerostete Traufe. Sonst war alles erstaunlich in Ordnung, sogar die Gartenzäune. Jemand hatte Fliesen gehortet, zum Tauschen gegen Ziegel oder Wasserrohre. Nun lagen sie unkrautüberwuchert im Vorgarten und warteten auf die Abfuhr. Wer wollte heute noch Fliesen aus der alten DDR?
Gustav Niemann hielt sein Haus in Schuß. Vor kurzem erst war die Fassade frisch gestrichen und das Dach ausgebessert worden. An den Fenstern geklöppelte Vorhänge, darunter Tonfiguren und Kakteen. Behütet von Gartenzwergen, graste Bambi im Vorgarten zwischen buchsbaumumrandeten Rosenbeeten. An der Haustür ein Messingschild in Schnörkelschrift: G. Niemann.
Lützelschwab drückte auf den Knopf. Drinnen ging ein Dreiklang los. Sofort kläffte ein Hund,

so wie kleine Hunde kläffen. Sonst geschah nichts. Schon hatte er den Daumen zum zweitenmal am glänzenden Klingelknopf, als die Tür einen Spaltbreit geöffnet wurde. Die Kette blieb sichtbar eingehängt.

»Ja?«

Ein altes Frauengesicht. Zu Füßen bellte der Dackel.

»Sind Sie das, Olga?«

»Wer sind Sie?«

»Philipp. Philipp Lützelschwab. Erinnern Sie sich?«

Sie wußte nicht, was sie tun sollte.

»Augenblick«, sagte sie und schloß die Tür. Aber statt die Kette auszuhängen, lief sie weg, und er hörte, wie sie leise »Gustav« rief. Zweimal, dreimal. Dann Geflüster hinter der Tür, ein unsichtbarer Zweikampf, und erst jetzt das Geräusch der fallenden Kette.

»Philipp! Das gibt's nicht.«

Gustav stand da. Aus dem Rot seiner Haare war ein Rostschimmer in Grau geworden, die Sommersprossen im Gesicht waren zu Anfängen von Hautkrebs oxydiert. Was früher stattlich an ihm gewesen war, war in einen Kugelbauch abgerutscht. Davor baumelte eine grüne Gärtnerschürze, darüber hing ein graues ärmelloses Leibchen, darunter leuchteten nackte Beine, weiße, blau geäderte Greisenhaut, die keine Sonne mehr bräunte. Versteckt hinter Gustav stand Olga und blinzelte. Der Dackel kläffte noch immer.

»Sei still«, schrie Gustav, und er gehorchte. »Komm rein, Philipp«, sagte er dann.

Olga war geschrumpelt wie ein vorjähriger Apfel. Sie konnte sich nicht entschließen, Philipp die Hand zu geben, ganz im Gegensatz zu Gustav, der ihm fast um den Hals fiel. Er schleppte Philipp in seine »Klause«, wie er sagte, eine Laube hinter dem Haus mit Blick auf Gemüsebeete und Komposthaufen. Er würde hier bald nur noch Rasen haben, die Gärtnerei sei ihm zu anstrengend.

Ob Philipp ein Bier trinke? Ein Bier und einen Korn? Jetzt gebe es ja wieder guten Korn, nicht mehr den Fusel von vorher. Jaja, Philipp sei ja dann weggegangen, damals. Er habe ja Bewegungsfreiheit gehabt. Unsereins habe bleiben müssen, unsereins sei eben schon verheiratet gewesen, habe bereits den kleinen Gustav gehabt, der Chemiker geworden sei, eine Bombenstellung bei BASF. Vorher in Bitterfeld, vor der Wende. Noch ein Bier? Und noch einen Korn? Bier ohne Korn sei ja nichts.

»Und du bist also geblieben«, sagte Philipp.

»Ja, ich bin geblieben. Mein ganzes Berufsleben lang. Bis zweiundachtzig, seither Rentner.«

Er wollte wissen, was Philipp gemacht habe. Habe er keine Schwierigkeiten nach dem Krieg gehabt? Immerhin sei er ja Schweizer. Und Deutscher sei er nicht geworden.

»Und du, wegen Parteizugehörigkeit und so?« fragte Philipp zurück.

»Ach, Parteizugehörigkeit.«

Man habe ja müssen. Sei gezwungen worden, sozusagen. Mit Frau und dem kleinen Gustav. Das habe jedermann begriffen. »Trat rechtzeitig in die SED ein und behielt meinen Posten.«

Philipp trank. Dann fragte er: »Weißt du etwas von Luise?«

Gustav rutschte auf dem Gartenstuhl hin und her.

»Luise?«

»Luise Martzschke, mit der ich damals befreundet war.«

»Ach, Luise. Die ging weg. Hat später in Leipzig gewohnt. Ist, glaube ich, gestorben.«

Olga wieselte aufgeregt im Haus herum.
»Trinkst du kein Bier mit uns?« rief Gustav.
Sie antwortete nicht.
»Sie hört schlecht und ist manchmal hier nicht mehr ganz richtig.« Er griff sich an den Kopf.
»Jaja«, sagte Philipp, als das Glas leer war.
»Du hast mir damals deine alte Schweizer Pistole zur Aufbewahrung gegeben. Die wirst du wiederhaben wollen.«
»Hast du sie noch?«
»Augenblick«, sagte Gustav. Er ging ins Haus und brachte die Waffe, in einen öligen Lappen verschnürt.
»Also dann«, sagte Gustav.
»Ja, dann will ich mal wieder«, sagte Philipp und stand auf.
Gustav protestierte nicht. Er wischte sich die Hände an der grünen Gärtnerschürze ab, als wäre etwas erledigt.
»Du kannst gleich diesen Weg hier nehmen. Ist kürzer, brauchst nicht mehr durchs Haus. Hast du ein Zimmer im Hotel?«
»Hab ich. Wiedersehen«, sagte Philipp.
Es klang wie gelogen. Gustav drängte ihn zum Gartentor. Zwischen den Gemüsegärten der einstigen Nazimustersiedlung für kleine Leute hin-

durch ging Lützelschwab zur Straße, den Sack über der Schulter. Hinter ihm schimpfte Gustav mit Olga. Der Hund kläffte.

Esther war mit dem Bus, schmutzigweiß und schmutziggelb, vom Flughafen Leipzig zum Bahnhof gefahren. Nun saß sie im nächsten Bus, wieder schmutzigweiß und schmutziggelb, nur noch schmutziger. Die Scheiben waren nahezu blind vom Straßenstaub, der auf dem öligen Ruß kleben geblieben war. Es schien lange nicht geregnet zu haben. Der Bus fuhr im Zickzack über die Dörfer und setzte da und dort alte Leute mit vollen Tragetaschen ab.
Diese Dörfer, hieß es, seien die schmutzigsten in der ganzen DDR gewesen. Wäsche hinauszuhängen sei unmöglich gewesen, sie sei sofort schwarz geworden und habe noch einmal gewaschen werden müssen. Und die durchschnittliche Lebenserwartung hatte deutlich unter der durchschnittlichen Lebenserwartung der DDR gelegen und die wiederum deutlich unter der westlich angrenzender Länder.
Plötzlich war man in der aufgeschürften Welt und fuhr dem Wundrand entlang. Die Bagger sahen aus wie übergroße Ameisenbären, die

lauernd in ihren Löchern hockten, oder wie giftige Riesenheuschrecken, die Sauriern das Blut aus dem Leib sogen und das Fleisch auffraßen mitsamt den Knochen. Nicht einmal Gerippe blieben übrig. Die Augen gewöhnten sich schnell an den Anblick. Man gewöhnt sich schnell an alles mögliche. Schlote standen ordentlich in einer Reihe; die meisten rauchten nicht mehr.

Sie stieg vor dem Werkstor aus. Rostiger Stacheldraht zerschnitt fransig das Gesichtsfeld. Wohin man blickte, Rost und Ruß, sogar die Blätter des Gestrüpps hinter dem Maschendraht waren rot. Das Bushäuschen aus Betonplatten, rostige Eisenstreben unter gelbgrünem Anstrich, das Glas war zerbrochen. Es wirkte kitschig-klein vor den roten Backsteingebäuden. Später fragte Esther den, der sie herumführte, wer das alles gebaut habe.

»Werktätige«, antwortete der Mann.

»Wann?«

»Achtunddreißig.«

»Zwangsarbeiter?«

»Möglicherweise. Zwangswerktätige.«

»Erstaunlich gute Architektur«, sagte Esther, »stünde bei uns unter Denkmalschutz.«

Der Mann war hier stellvertretender Werksleiter gewesen.

»Der Komplex rechts, in dem noch gearbeitet wird, produziert Elektrizität. Links, schon teilweise stillgelegt, die Brikettfabrik und dahinter das Werk für die Schwefelsäure. Es wurde zuerst aufgegeben. Hier drüben«, er ging langsamer, »war die Krankenstation. Unsere medizinische Versorgung war erstklassig.«

»Brauchten Sie auch bei der Belastung der Arbeiter.«

»Ich sage ja, sie war erstklassig. Jetzt ist sie geschlossen.«

Die Scheiben waren mit weißer Farbe halb hoch zugemalt.

»Das war der Einkaufsladen.«

Er war ebenfalls geschlossen.

Sie möchte gern das Werk anschauen, hatte Esther an der Pforte gesagt, und man hatte den Mann gerufen. Jetzt fragte sie ihn, ob er häufig Führungen mache.

»Wenn jemand eine Führung wünscht, ja.«

»Hat heute schon jemand eine gewünscht? Ein alter Mann vielleicht?«

»Nein.«

»Wie lange haben Sie hier gearbeitet?«

»Seit ich fünfzehn war. Erst in der Brikettfabrikation, später in der Leitung des Schwefelsäurewerks.«
Esther las im Gußeisen der Brikettpressen die Jahreszahl 1938.
»Damit haben wir bis zum letzten Jahr produziert«, sagte der Mann.
»Und jetzt sind Sie im Ruhestand?«
»Ja. Gewissermaßen im vorzeitigen Ruhestand.«
Er war vierundsechzig, Jahrgang einunddreißig.
»Dann werden Sie Philipp Lützelschwab nicht gekannt haben. Er war bis zweiundvierzig hier.«
»Ich kam sechsundvierzig her.«
»Aber gehört haben müßten Sie doch eigentlich von ihm. Ein Schweizer, Ingenieur. Er war hier leitend tätig von neununddreißig bis zweiundvierzig.«
»Tut mir leid. Der Name sagt mir nichts.«
Er sagte es schnell. Es klang endgültig. Weiterfragen war zwecklos. Danach war er wortkarg und wollte die Führung so schnell wie möglich beenden. Esther bestand darauf, in das Gebäude der Schwefelsäureproduktion geführt zu werden. Ein Teil der Arbeiter hatte bleiben können und war mit dem Abbruch beschäftigt. Solange er dauerte, hatten sie Arbeit. Der frühere stell-

vertretende Leiter kam in der vertrauten Umgebung wieder ins Reden.
»Das war mein Produktionsbereich, vor der Wende.«
Wo sie nun standen, in der großen Halle, hatten die Eisenträger alle fünf Jahre ersetzt werden müssen.
»Und die Kanalisationsrohre für die Abwässer?« fragte Esther.
»Blieben dieselben, soweit ich mich erinnere. Man hatte keine Mittel.«
Esther lehnte es ab, in der Kantine zu essen. Die Frage war auch nicht ernstgemeint gewesen. Die Arbeiter in den blauen rostverschmierten Latzhosen sahen aus wie Zwangswerktätige, mager und grau. Auf dem Rückweg zur Pforte, vor dem Hintergrund der gigantischen chemischen Erdreichsreinigung, die im Bau war, kam der Mann nicht darum herum, jenen Pfarrer aus dem Nachbardorf zu erwähnen, der zu DDR-Zeiten hier eine Umweltgruppe gegründet hatte. Er wußte nur nicht, wie von ihm reden. Wie von einem Verräter oder wie von einem Helden?
Als Esther das Werksgelände verließ, sah es von weitem so aus, als säße in dem Bushäuschen hinter dem zerbrochenen Glas ein alter Mann. Sie

wollte hinlaufen und lief um ein Haar unter den Bus. Bis sie dort war, war der Bus weg und der Mann auch.

Sie aß in der Kneipe auf der anderen Straßenseite Gemüserolle mit Kartoffeln und trank ein Bier dazu. Die Wirtin kochte selber, sie war rund und an die Siebzig.

»Leben Sie schon lange hier?« fragte Esther.

»Bin hier aufgewachsen und zur Schule gegangen. War dann in Leipzig. In der Kriegsproduktion. Bin aber immer herausgefahren. Wohnte bei den Eltern, bis ich heiratete, auch einen von hier.«

»Dann haben Sie vielleicht Lützelschwab gekannt? Philipp Lützelschwab, den Schweizer, der als Ingenieur Anfang der vierziger Jahre da drüben gearbeitet hat. Ich schreibe über ihn. Ich bin Journalistin.«

»Keine schöne Sache, was.«

»Warum?«

Was Esther zu hören bekam, war dies: Der Schweizer habe eine Freundin gehabt, Tochter von Werktätigen aus dem Dorf, die als Schreibkraft im Werk gearbeitet hatte. Er habe ihr ein Kind gemacht, aber bevor das Kind geboren wurde, habe er sich verdünnisiert.

»Verdünnisiert«, wiederholte die Wirtin vor-

wurfsvoll. »Ein Mädchen war's, und gleich nach der Geburt wurden Mutter und Kind in ein Heim im Süden gebracht, von der Partei, und dort blieben sie, bis der Krieg vorbei war.«
Dann sei die Mutter nach Leipzig gezogen und habe wieder als Schreibkraft gearbeitet. Die Tochter sei später Volksschullehrerin und sogar Rektorin geworden.
»Sie war eine Hundertprozentige, die Junge, müssen Sie wissen«, sagte die Wirtin.
»Sie meinen in der Partei?«
»Ja, natürlich Partei.«
Die Mutter sei inzwischen gestorben, aber die Tochter, die nach der Wende als eine der ersten aus dem Schuldienst entlassen worden sei, lebe noch in Leipzig.
»Sie heißt Lützelschwab?«
»Nein, Martzschke, wie die Mutter.«
»Und der Vater hat sich nicht um das Kind gekümmert?«
»Nie. Hat wohl dafür gesorgt, daß die beiden in das Heim kamen. Hatte ja sicher seine Beziehungen zu den höheren Parteistellen. Aber sonst nichts. Soll sich, wie gesagt, nach dem Osten davongemacht haben.«

Esther fuhr nach Leipzig zurück, setzte sich vor das Rathaus und wartete. Einen Tag, noch einen. Als sie es schon aufgegeben hatte, sah sie ihn gegenüber der Thomaskirche und dem bronzenen Denkmal Johann Sebastian Bachs vor einem Café sitzen. Sie erkannte Lützelschwab an dem ledernen Sack.

»Wußten Sie, daß Sie eine Tochter haben?« sagte sie betont ruhig, als sie hinter ihm stand.

Der Satz nagelte ihn auf dem Stuhl fest. Er griff nach dem Sack, zog ihn zu sich heran, als wolle er sich abschirmen. Er stand nicht auf.

Esther setzte sich zu ihm. Er beteuerte mit den immer gleichen Worten, daß er nichts gewußt hätte. Gewiß war die Möglichkeit nicht von der Hand zu weisen gewesen. Aber bis er nach Liebenau versetzt worden sei, habe sie ihm nichts davon gesagt.

»Ich wollte sie ja mitnehmen, aber sie konnte sich nicht entschließen. Ich schwöre Ihnen, daß ich sie mitnehmen wollte.«

»Haben Sie sie gefunden?« fragte Esther und meinte die Tochter.

Er meinte die Mutter und sagte: »Sie ist tot.«

»Ja. Aber die Tochter lebt. Hier in Leipzig.«

Sie begleitete ihn bis zur Kneipe in der Nähe von

St. Nikolai. Im Gehen erzählte er von Gustav, der seine rechte Hand in Großplötznitz gewesen war. Morgen würde sie ihn zum Essen abholen. Sie hatte ihm gesagt, daß sie seine Geschichte hören wolle, und er hatte nichts dagegen. Heute jedoch war er zu müde.

8

Die Todesanzeige kam am Dienstag. Trauerfeier und Beisetzung von Theophil Kellerhals fanden am Donnerstag auf dem Schoßhaldenfriedhof in Bern statt.

»Warum nicht im Münster? Für einen Pfarrer hätte sich das Münster gehört«, sagte Frischknecht zu Rothpletz. Sie hatten sich in Olten im Zug getroffen, der eine von Zürich, der andere von Basel kommend.

Sie warteten vor dem Bahnhof in Bern auf Meyer.

»Das Münster ist den bedeutenden Leuten vorbehalten«, sagte Rothpletz. »Und ein bedeutender Mann war Kellerhals – du weißt, daß ich in Trogen mit ihm befreundet war – nun doch wohl nicht.«

Als Meyer vorfuhr, stiegen Rothpletz vorne, weil ihm beim Autofahren übel wurde, und Frischknecht hinten ein.

»Es ist schneller gegangen, als ich dachte«, sagte

Frischknecht, der in der Mitte saß, damit die zwei vorne ihn verstehen konnten.

»Wir müssen alle sterben, und es kommt immer schneller, als man denkt«, brummte Meyer.

»Das meine ich nicht. Ich meine Lützelschwabs Rückkehr«, sagte Frischknecht. Aber wegen eines Lastwagens, der sie überholte, verstanden ihn die beiden vorne nicht.

»Er soll friedlich entschlummert sein. Saß auf seinem Sofa, blätterte in Fotoalben, und tot war er. So möchte man auch gehen können«, sagte Rothpletz.

»Hast du einen Kranz bestellt?« fragte er Frischknecht.

»Habe ich, genau wie bei Winter.«

»Ist noch Geld da?« fragte Meyer.

»Für die wenigen, die wir noch sind, wird es reichen. Kannst du etwas schneller fahren? Ich will vorher ans Grab gehen, um den Kranz anzusehen. Man weiß nie, was man bekommt, wenn man aus der Ferne bestellt.«

»Bei diesem Verkehr kann man nicht fahren, wie man will«, sagte Meyer. Dann merkte er, daß er sich verfahren hatte. Sie waren schon über Bern hinaus, in Ostermundigen. Meyer mußte nach dem Weg fragen. Sie kamen trotzdem rechtzeitig.

»Wir brauchen uns nicht zu schämen«, flüsterte Frischknecht, als er vom Grab zurückkam und sich schwer schnaufend neben Rothpletz setzte, während schon die Orgel spielte.
Es war eine finstere Halle, die aussah wie ein stillgelegtes Eisenwerk. Der alte Pfarrer gab sich im Lauf der Feier als Theophil Kellerhals' erster Praktikant zu erkennen. Es fiel ihm sichtlich schwer, in der Dämmerung seine Ansprache abzulesen. Er würdigte die Sympathien des Barth-Schülers für die Bekennende Kirche in Deutschland während des Krieges. Seine Treue zur Kirche sei aus der Erkenntnis gekommen, daß sie in jenen schwierigen Zeiten die einzige zuverlässige ethische Instanz gewesen sei.
»Jetzt übertreibt er aber«, sagte Meyer leise zu Frischknecht. Frischknecht verstand ihn nicht, und Meyer wiederholte seine Bemerkung so laut, daß man es in der ganzen Halle hörte. Frischknecht nickte.

Nach Predigt und Gebet – einen Lebenslauf hatte Theophil Kellerhals sich ausdrücklich verbeten – trat man hinaus und ging zum Grab. Ein Friedhofsangestellter trug die Urne unter einem schwarzen Tuch voraus. Ihm folgten der Pfarrer und dann, immer zwei nebeneinander, die Trauerfamilie, entferntere Verwandte seiner verstorbenen Frau, denn engere Angehörige hatte Kellerhals nicht mehr gehabt, sowie die übrigen Trauergäste.

»Schon wieder einer, von dem ich nicht gedacht hätte, daß er sich verbrennen läßt«, sagte Rothpletz zu Frischknecht. »Es ist, als wolle man die eigene Geschichte mit Absicht zerstören, obwohl Zeit und Tod schon genug dazutun.«

»Im Familiengrab seiner Frau ist nur noch Platz für die eine Urne«, sagte Meyer von hinten.

Nachdem die Urne zwischen den Schnittblumen versenkt war, der Psalm gelesen und das Gebet gesprochen, entließ der Pfarrer die Gemeinde mit dem Segen.

»Keine Einladung, nichts«, sagte Frischknecht auf dem Rückweg zum Parkplatz.

»Wenn halt keine Familie mehr da ist«, sagte Rothpletz.

Sie saßen wieder in Meyers Wagen.

»Das war eine magere Sache. Zuerst keinen Lebenslauf, dann kein Leichenmahl. Wie Knochen ohne Fleisch. Ich mag Lebensläufe bei Begräbnissen«, sagte Meyer.

»Ich fand die Predigt ganz anständig. Wenn man bedenkt, daß der Pfarrer fast ebenso alt ist wie Theophil«, sagte Frischknecht.

»Theologisch korrekt«, sagte Rothpletz.

»Mag sein, daß sie korrekt war«, erwiderte Meyer. »Aber was soll das, wenn du keine Geschichte dazu erzählst? Es ist, wie wenn ich nur die Krankheit eines Patienten anschaue und nicht die Krankheit am Patienten. Das wünschen sich übrigens die meisten Patienten. Wenn einer säuft, beispielsweise, mag er nicht, daß ich ihn darauf anspreche. Er möchte nur seine Leber kuriert haben. Genauso empfinde ich eine Trauerfeier ohne Lebenslauf.«

»Du hättest gern, wenn zu Gericht gesessen würde?« fragte Frischknecht.

»Ich glaube nicht, daß er das meint«, sagte Rothpletz. »Ich glaube, er meint dasselbe wie ich mit der Kremation. Unsere Geschichten sollen nicht verbrannt werden.«

»Sie verschmutzen zu stark den Boden«, sagte Meyer.

Sie staunten alle drei, als sie plötzlich am Bärengraben standen, keiner wußte, wie sie dahingekommen waren.

»Wenn wir einen Parkplatz finden, lade ich euch

zum Mittagessen ein. Ich habe euch einiges zu erzählen«, sagte Meyer.

Sie aßen im Kornhauskeller, einer unterirdischen, riesigen bayerischen Bierhalle, zu Mittag.
»Was gibt es Neues?« fragte Frischknecht.
»Sie hat ihn gefunden«, sagte Meyer.
»Wer wen?«
»Meine Nichte den Lützelschwab.«
Meyer erzählte. Von Leipzig, von Großplötznitz, davon, daß Lützelschwab in Leipzig eine Tochter habe.
»Der Kerl wagt es also. Verzieht sich nach dem Krieg nach Übersee, bis ihm nichts mehr passieren kann, und dann kommt er zurück«, sagte Frischknecht.
»Es scheint tatsächlich so zu sein, daß er die Orte seiner Jugend noch einmal sehen will«, sagte Rothpletz.
»Das hieße«, sagte Frischknecht, »er bleibt nicht draußen. Er kommt auch hierher. Nach Baden, nach Trogen, nach Zürich.«
»Ich kann das verstehen«, sagte Rothpletz.
»Daß er daherkommt, als sei nichts gewesen? Fein raus aus allem, lachend wie ein Sieger?« fuhr Meyer ihn an.

»Ich weiß nicht, ob er lacht«, sagte Rothpletz.
»Natürlich lacht er. Die lachen doch alle. Er lacht uns aus. Wenn er nicht über uns lachen wollte, wäre er früher gekommen. Damals, als es ihn etwas kostete.«
Sie redeten und aßen und tranken.
»Ich finde es unerträglich«, sagte Meyer. »Er taucht nach fünfzig Jahren auf und ist unangreifbar, geschützt von dem Recht, durch das er eben noch verurteilt worden wäre. Gut, daß wenigstens wir da sind und etwas tun.«
»Ihr wißt, daß ich in Trogen mit Kellerhals befreundet war«, sagte Rothpletz. »Darum erlaubt mir, an seiner Stelle zu sprechen. Er hätte noch einmal die Frage nach dem Recht gestellt. Haben wir das Recht, Lützelschwab zu verurteilen?«
»Ich dachte, über diese Fragen seien wir hinaus«, sagte Meyer.
»Für meine Person halte ich fest«, sagte Frischknecht, »daß ich in den Jahren neununddreißig bis fünfundvierzig über achthundert Diensttage geleistet habe. Mein berufliches Fortkommen wurde dadurch verzögert, meine Firma stark belastet. Meine Frau mußte unsere Kinder allein erziehen und war auch sonst oft auf sich selbst

gestellt. Wir haben uns manchmal über Wochen und Monate nicht gesehen. Unsere Kinder und wir lebten unter einer ständigen Bedrohung. Wir nahmen alle unsere Kräfte zusammen, um uns der Gefahr zu erwehren. Und da sollen wir zusehen, wie einer frei herumläuft, der sein Land verraten hat und zum Feind übergelaufen ist? Ein solcher Mensch hat die Todesstrafe verdient. Während des Krieges wurden Leute bei uns wegen Geringerem an die Wand gestellt. Ich habe geschlossen.«

»Du hörst vor dem Entscheidenden auf«, sagte Rothpletz. »Wie soll es geschehen?«

»Im Krieg wurden Verräter erschossen«, sagte Frischknecht.

»Ein Strick und ein durchschnittlicher Dachbalken genügen«, sagte Meyer.

»Und dann?« fragte Rothpletz.

»Dann stelle ich als anwesender Arzt die Todesursache fest, fülle den Totenschein aus, und Lützelschwab wird auf dem normalen Weg zur Kremation abtransportiert.«

»Wieder einer, der verbrannt wird«, sagte Rothpletz. »Und wenn man merkt, daß er erhängt worden ist?«

»Er hat es selbst getan. Er ist mit uns zusammen-

getroffen, in meinem Haus«, sagte Frischknecht. »Wir haben ihm unsere Vorwürfe nicht verschwiegen. Er wollte Verständnis von uns, merkte aber, daß er es nicht erhielt. Da erhängte er sich. So wird es sein.«
»Mit ihm zusammentreffen? Er wird uns Vorhaltungen machen«, sagte Rothpletz.
Frischknecht lockerte seine Krawatte. »Was für Vorhaltungen? Er soll froh sein, wenn unsere nicht zu groß sind.«
Aber Rothpletz schüttelte den Kopf. »Er wird kommen und sich vor uns hinstellen und die Luft einziehen. Erinnert ihr euch, wie er die Luft einziehen konnte, beim Turnen vor allem, daß man meinte, seine Brust zerspringe?«
»Er ist über achtzig, wie wir alle«, sagte Meyer.
Aber Rothpletz fuhr fort: »So wird er sich vor uns hinstellen und sagen: ›Ach, ihr seid hier?‹ Und wird mich ansehen. Erinnert ihr euch an seine wässerigen Augen? Wie die Augen eines Fischs. Damit wird er mich ansehen und sagen: ›Du wirfst mir vor, daß ich zu den Nazis gegangen bin? Und du hältst mir die Polen und die Russen vor, die unter mir arbeiten mußten? Du, Rothpletz? Sagt dir der Name Weisensee etwas, Rothpletz? Siegfried Aaron Weisensee aus Ber-

lin? Im Herbst 1935, nach dem Erlaß der Nürnberger Gesetze, mit einer angefangenen Dissertation im Gepäck in die Schweiz geflohen. Zwei Jahre älter als du. Achtunddreißig macht er bei Behrend den Doktor. Brillant, sagen alle, die etwas von der Sache verstehen. Doch Weisensee bekommt nur magna cum laude statt summa, wie er es verdient hätte. Nach der mündlichen Prüfung lädt Behrend Weisensee zum Mittagessen ein. Beim Kaffee sagt er beiläufig, während er sich eine Zigarre anzündet und Weisensee, der im Leben nie geraucht hat, auch eine anbietet: ›Wir geben Ausländern kein summa.‹ Beide wissen, was gemeint ist. Mit Ausländern sind Juden gemeint. Und das bedeutet, daß Weisensee sich nicht habilitieren kann, weil nur Summa-Absolventen zur Habilitation zugelassen werden. Keine Juden mehr in den Lehrkörper aufnehmen, heißt die Devise. Ohne Aussicht auf eine Habilitation aber ist Weisensee auch die Assistentenstelle am Kunstmuseum verschlossen. Du, Rothpletz, wußtest das so gut wie jedermann. Du hast es von deiner Mutter gehört. Sie war Baslerin und mit Weisensees Hauswirtin befreundet.

Hätte die Leitung des Kunstmuseums ihn unbedingt als Assistenten gewollt, dann hätten sie ihm an der Fakultät kaum die Habilitation verwehren können. Das wußtest du auch. Aber Weisensee war als Jude auch am Kunstmuseum nicht erwünscht. Du warst nämlich schon für die Stelle vorgesehen. Du gingst beim Direktor ein und aus, noch mehr dein Vater. Und du hattest, obwohl noch nicht einmal promoviert, die Stelle so gut wie in der Tasche. Weisensee war verbittert. Aber niemand fand etwas Unrechtes daran. Und du, du gingst nicht zu Weisensee, um ihm zu sagen, du wollest dich dafür einsetzen, daß er die Stelle bekomme. Und du gingst schon gar nicht zur Direktion, um ein Wort für Weisensee einzulegen.

Du, Rothpletz, kamst aus begütertem Haus. Dir hätte es nichts ausgemacht zu warten. Du wußtest, daß Weisensee der Begabtere von euch beiden war, und auch, daß er auf die Stelle dringend angewiesen war und daß er nun als Stellenloser damit rechnen mußte, ausgewiesen zu werden. Wohin sollte er gehen? Er hatte einen deutschen Paß, einen gültigen, braunen deutschen Paß. Der trug seit dem Herbst achtunddreißig ein fettes rotes J auf der ersten Seite in der linken oberen Ecke. Das wußtest du alles, Rothpletz‹, wird er,

Philipp Lützelschwab, sagen, wenn er kommt. Weisensee war klar, was ihn erwartete, wenn er nach Deutschland abgeschoben werden würde. Weil er aber ein äußerst korrekter junger deutscher Gelehrter war, wenn auch mit dem roten J im Paß, dachte er nicht daran, in den Jura zu fahren und sich über die grüne Grenze nach Frankreich abzusetzen, ganz davon abgesehen, daß die Schlupflöcher in der grünen Grenze immer weniger wurden. Und weil er sah, wie seine Mittel zur Neige gingen, hängte er sich drei Monate nach der Doktorprüfung mit magna cum laude in seinem Zimmer am Basler Nadelberg auf.«

Rothpletz hing in seinem Stuhl, und nur die Halbkugel seines kleinen Bauches hielt ihn aufrecht.

»›Du aber, Rothpletz, du bist Assistent am Museum geworden, noch bevor du promoviert warst. Du wurdest schnell Privatdozent, und als der Krieg zu Ende war, warst du außerordentlicher Professor. Kein schlechter in deinem Fach, gewiß, aber Weisensee wäre der bessere gewesen. Eine internationale Kapazität wäre er geworden, während du doch nicht mehr bist als ein kleiner Kärrner kunsthistorischer Gelehrsamkeit.‹ So wird Lützelschwab reden, wenn er vor mir steht.«

Rothpletz schaute seine Freunde an. Frischknecht schüttelte entsetzt den Kopf. Meyer blickte in das halb ausgetrunkene Bierglas.
»Bin ich schuld an Weisensees Tod? Habe ich ihn umgebracht? Es waren die Umstände, und die waren verwickelt. Man konnte sich, mittendrin, nicht um alle Einzelheiten des Schicksals kümmern. Man war ein junger Mann mit abgeschlossenem Studium. Man hatte einen gesunden Ehrgeiz. Man wollte es zu etwas bringen. Es war eine schwierige Zeit. Kann man uns das als Schuld anrechnen?«
»Schwatz keine Dummheiten, Rothpletz«, sagte Frischknecht, der sich wieder gefangen hatte. »Du redest dir etwas ein, und ich sage dir, es hat mehr mit einer Altersdepression als mit der Wahrheit zu tun.« Er schaute wie ein beleidigter Befehlshaber in die Runde. »Verlieren wir doch nicht die Dimensionen, Freunde. Worum ging es damals? Es ging nicht um Assistentenstellen und auch nicht um einen jüdischen Konkurrenten. Ich will euch sagen, worum es ging. Einzig und allein darum, ob die Deutschen kamen oder nicht. Um sonst nichts. Alles andere ist Unsinn. Du kannst nicht die Wassertropfen mit der Pipette zählen, wenn dein Haus brennt. Schau mich

an, Rothpletz. Hätte ich nicht Grund genug, hier geknickt zu sitzen?
Ich kenne Lützelschwab gut, besser als ihr. Ich ging nicht nur mit ihm aufs Gymnasium, wir waren auch zusammen an der ETH, an derselben Abteilung. Wir waren nicht miteinander befreundet, aber wir waren Studienkollegen. Er wurde Maschineningenieur und ich auch. Und dann ging er zu den Nazis und ich in die schweizerische Rüstungsindustrie. Wir produzierten Flugzeugabwehrkanonen. Es waren die besten auf dem internationalen Markt. Wir haben sie auch den Deutschen verkauft, jawohl. Und bei einem solchen Geschäft habe ich Lützelschwab einmal gesehen, in Liebenau. Was hätten wir tun sollen? Hätten wir vielleicht Schokoladenosterhasen produzieren sollen? Das werde ich Lützelschwab sagen, wenn er kommt und das Maul aufreißt. Er soll mir erklären, wie wir es anders hätten machen sollen. Soll ich mir von ihm die englischen Piloten vorrechnen lassen, die die Deutschen mit unseren Geschützen abgeschossen haben? Ich sage euch, Freunde, ich werde es ihm nicht erlauben. ›Halt deinen Mund‹, werde ich zu ihm sagen. ›Wer ist zu den Nazis übergelaufen, du oder ich? Wer hätte, wenn sie gekom-

men und uns überfallen hätten, hier ein Konzentrationslager kommandiert, du oder ich? Habe ich unsere Geschütze vielleicht mit russischen Zwangsarbeitern gebaut? Hatten wir einen Friedhof gleich neben der Fabrik, wo die Krepierten verscharrt wurden? Und war ich es vielleicht, der die Verwandten meiner Frau zur Zwangsarbeit deportierte?‹ So werde ich mit dem Kerl reden, und er wird nicht länger wagen, die Geschichte zu vernebeln.«

»Keine Verjährung, keine mildernden Umstände. Pardon wird nicht gegeben«, sagte Meyer aufgeregt. »Es muß ein Exempel statuiert werden. Wir werden es nicht zulassen, daß er sich herausredet. Hätten die Deutschen ihn während des Krieges in die Schweiz abgeschoben, wäre er erschossen worden.«

»Hat er eigentlich noch Verwandte hier?« fragte Rothpletz.

»Nicht daß ich wüßte«, sagte Frischknecht. »Er hatte eine Schwester. Die war ein wenig verrückt. Sie blieb ledig und ist gestorben. Die Eltern auch.«

»Der Vater hat sich seinetwegen erschossen«, sagte Meyer.

Sie verließen den dämmrigen Kornhauskeller

und traten in den sonnenhellen Nachmittag hinaus. Meyer sagte, er könne Rothpletz bis nach Olten und Frischknecht bis nach Zürich fahren. Die beiden nahmen dankend an.

9

Am Morgen fuhr Esther früh los. Diesmal mit der Straßenbahn, die noch schmutziger war als die Busse. Sie kam am Messegelände vorbei, und am Völkerschlachtdenkmal. Als sie ausstieg, stand sie vor der Psychiatrischen, wo vor der Wende politisch Mißliebige interniert waren.
Anna Martzschke wohnte in einer Plattenbausiedlung. Je sechs Dreißigfamilienblöcke in drei Reihen nebeneinander. Dazwischen Grün, langweilig wie auf einem Friedhof. In den Sandkästen und auf dem Bürstenschnittgras spielten seit zwanzig Jahren keine Kinder mehr. Skelette von Dreirädern lagen in den Kellereingängen. Von nahem sah man Risse im Beton und undichte Fugen. Das rostige Stützkorsett drängte durch die glatte Oberhaut. Der Plattenweg von der Straße zur Haustür war nicht fertig gepflastert. Wie Holzschwämme an einem faulen Baum klebten die Televisionsschüsseln an den Fassaden.
Esther mußte suchen, bis sie Annas Block fand.

Sie läutete nicht unten an der Haustür. Die stand offen und erzählte Geschichten vom täglichen Leben. Es roch nach Urin.
Sie stieg die acht Treppen hoch, einmal links, einmal rechts, wie beim Stricken in der Schule. Nürnberger, Koch, Petzold und so weiter. Endlich Martzschke. Auf dem Schildchen stand nur »Martzschke«, von Hand mit Kugelschreiber geschrieben.
Esther läutete. Hier gab es keine Vorhängeketten. Hätte es welche gegeben, so würden sie an dieser Tür nicht ausgehängt. Hier wurde durch die geschlossene Tür gerufen: »Wer ist da?«
Es war schwierig, einer mißtrauischen Frau durch eine Kunstfaserplatte hindurch begreiflich zu machen, daß sie öffnen sollte. Wie konnte sie wissen, daß man nichts Schlimmes im Schild führte? Seit der Wende wurde viel eingebrochen und gestohlen. Überfälle kamen am hellichten Tag vor. Das habe man vorher nicht gekannt, behauptete später Anna Martzschke.
Da saßen die beiden Frauen schon bei einem dünnen Kaffee auf der Polstergruppe aus Kunstleder in Anna Martzschkes Wohn- und Eßzimmer, das zugleich ihr Arbeitszimmer gewesen war. Lehrerin war sie nicht mehr. Man hatte sie

kaltgestellt, in den vorzeitigen Ruhestand geschickt, mit kaum fünfzig. Denn, das bestritt sie nicht einen Augenblick, sie war Mitglied der SED gewesen, und zwar ein überzeugtes. Sie hatte bis zuletzt an die welthistorische Mission des Sozialismus marxistisch-leninistischer Prägung geglaubt und das auch offen zugegeben, jawohl. Auch in der Schule hatte sie kein Blatt vor den Mund genommen. Mit Erich Honecker war sie einer Meinung gewesen, daß Gorbatschows Weg im Desaster enden müßte, was sich ja bewahrheitet hatte.
Anna Martzschke sah aus wie eine Lehrerin, wie eine, die sich nichts daraus machte, daß sie wie eine Lehrerin aussah. Graues Haar, halb lang, ohne eine Andeutung von Welle, so konnte sie es selbst waschen. Vom Sitzen waren ihre Hüften breit geworden, aber sie hatte auch Turnen unterrichtet, und das war ihr noch immer anzusehen. Sie war nicht besonders groß, nur ihr Busen neigte zur Übergröße.
Esther hatte hin und her geschaut, als Anna Kaffee machte. Wenig Bücher. Statt Bilder zwei Fotos in Wechselrahmen: Leipzig mit dem Universitätshochhaus, dem sogenannten Weisheitszahn, und – Esther erkannte es erst bei genaue-

rem Hinsehen – Zürich, Spiegelgasse vierzehn, das Haus, in dem Lenin gewohnt hat.
Anna erklärte die Abwesenheit einer nennenswerten Bibliothek, als sie Esthers Verwunderung spürte. »Unsere Lehrerbücherei in der Schule war ausgezeichnet. Man kaufte im Sozialismus keine Bücher für sich selbst. Privatbibliotheken begriffen wir als reaktionären intellektuellen Standesdünkel.«
Esther hatte gesagt, daß sie Journalistin sei, aus der Schweiz käme und ein paar Impressionen über Leipzig schreiben wolle. Unter anderem über Menschen, die sich mit der DDR identifiziert hätten.
Sie betrachteten zusammen das Bild der Spiegelgasse, und Esther erzählte, daß sie als Studentin fast jeden Tag an dem Haus vorbeigegangen sei.
»Haben Sie nie Lust gehabt, es zu sehen?«
»Ja, schon«, sagte Anna.
Der Eßtisch, der auch ihr Schreibtisch gewesen war, war mit einem gemusterten Wachstuch überzogen. Auf dem einen Stuhl ein gestricktes Kissen, braun und rot und grau.
»Wer hat Ihnen eigentlich meinen Namen genannt?«

»Die Wirtin in Großplötznitz«, sagte Esther.
»Was hat sie erzählt?«
»Frau Martzschke«, sagte Esther leise, »ich kenne Ihre Geschichte. Ich werde darüber kein Wort schreiben, wenn Sie es nicht möchten. Aber ich will Ihnen sagen – ich kenne auch Ihren Vater.«
Sie erzählte, daß Philipp Lützelschwab aus Argentinien zurückgekehrt und in Leipzig sei.
Das Gesicht der Frau sah plötzlich aus, als habe es sich mit dem Großplötznitzer Staub bedeckt.
»Ich will von meinem Vater nichts wissen. Ich kann nicht noch mehr Unglück brauchen, und mein Vater hat mir nichts als Unglück gebracht. Er soll mich in Ruhe lassen.«
»Sie hassen ihn?« fragte Esther.
»Ich habe nie viel an ihn gedacht. Aber wenn ich es tat, ja, dann haßte ich ihn. Er war ein Faschist, und ich wollte ihn jahrelang nur deshalb einmal sehen, um ihn deutlicher hassen zu können.«
»Er wußte bis gestern nicht, daß es Sie gibt, Frau Martzschke.«
»Wer sagt das?«
»Ich. Ich habe ihm gestern mitgeteilt, daß er eine Tochter hat, und er war überrascht und schwor, davon nichts gewußt zu haben.«

»Das glaube ich nicht. Das ist eine Schutzbehauptung. Er will nicht dazu stehen, daß er meine Mutter sitzengelassen hat. Tatsache aber ist, daß meine Mutter im dritten Monat schwanger war, von ihm, als er Hals über Kopf abhaute. Vielleicht hat sie ihm nichts gesagt. Aber er, er fragte auch nicht, wollte nichts merken. Allein die Logik hätte ihm sagen müssen, daß das Mädchen jederzeit schwanger werden konnte.«

Kurz nach Esther war auch Philipp Lützelschwab hinausgefahren, vorbei am Messegelände und am Völkerschlachtdenkmal, bis zu den Plattenbauten. Er war dann aber am Haus vorbeigegangen, einmal und noch einmal. Nun ging er bis zur Haustür. Auch er klingelte nicht unten. Auch er stieg die acht Treppen hinauf und klingelte an der Wohnungstür.

»Wer mag das sein?« sagte Anna Martzschke zu Esther.

Weil schon jemand da war, fragte Anna nicht durch die geschlossene Tür. Sie drehte gleich den Schlüssel und öffnete.

Der alte Mann, der einen ledernen Sack über der Schulter trug, sah ihr ins Gesicht und sagte: »Ich bin Ihr Vater.«

Anna sagte: »Ich hab's gedacht. Kommen Sie herein.«
Als sie die Wohnungstür hinter ihm geschlossen hatte, rief sie ins Wohnzimmer:
»Es ist mein Vater.«
Esther war aufgestanden.
»Ich habe im Telefonbuch nachgesehen«, sagte Philipp wie zur Entschuldigung.
Esther setzte sich wieder in den Kunstledersessel. Ihr gegenüber stand das Kunstledersofa, auf dem Anna gesessen hatte. Es hatte zwei Plätze. Anna Martzschke wies Philipp Lützelschwab mit der Hand dorthin. Für sich holte sie einen Stuhl vom Eßtisch.
Ohne Überleitung fing Anna Martzschke an zu erzählen.
»Ich bin sechs Monate nach Ihrem Verschwinden geboren. Für meine Mutter war es keine Katastrophe, aber auf dem Dorf galt es als Schande, ein uneheliches Kind zu haben. Jeder wußte, wer der Vater war. Das war die Rettung. Sie galten ja als begeisterter Anhänger des Dritten Reichs. Ein Schweizer, der übergelaufen war. So muß es der Ortsleiter gesehen haben. Er sorgte dafür, daß meine Mutter mit mir nach Bayern fahren konnte, in die Nähe von Berchtesgaden,

in ein Heim der Partei. Dort sind wir bis zum Ende des Krieges geblieben. Dann kamen wir nach Leipzig. In Großplötznitz ist meine Mutter nie mehr gewesen. Später, im Sozialismus, hatte sie Schwierigkeiten. Ihr wurde vorgeworfen, daß sie sich mit einem ausländischen Faschisten eingelassen hätte.«

»Ich war kein Faschist. Ich war von den technischen Leistungen der Deutschen begeistert. Und in der SS wollten sie mich nicht haben, weil ich keine absolute Treue versprechen konnte«, sagte Philipp.

Aber Anna ließ sich nicht unterbrechen. »Sie bekam es immer wieder zu hören. Ich auch. Deswegen habe ich mich besonders bemüht, eine gute Sozialistin und Antifaschistin zu sein. Wie meine Mutter. Wir wollten uns von der Schande meiner faschistischen Herkunft reinwaschen.«

Diesmal redete Lützelschwab nicht dazwischen.

»Mutter arbeitete wie früher als Schreibkraft, zuletzt sogar im Leipziger Parteibüro. Ich wollte Lehrerin werden, und sie haben mich trotz meines faschistischen Vaters studieren lassen. Dafür bin ich der DDR dankbar. Sehr dankbar, und ich werde es bleiben, gerade jetzt, wo alle mit Dreck schmeißen, auch die, die profitiert haben. Ich habe es bis zur Rektorin gebracht. Ich weiß, ich war streng. Ich duldete keine Abweichungen. Es war meine Pflicht, DDR-Bürger zu erziehen, und es war meine Überzeugung. Bis die sogenannte Wende kam und diese Überzeugung nichts mehr galt.«

Anna schaute ihren Vater an, der den Ledersack neben das Sofa auf den Boden gelegt hatte. Dort lag er wie ein schlafendes Tier.

»Möchten Sie einen Kaffee?«

»Ja«, sagte Philipp, und Anna stand auf und ging in die Küche.

Esther und Philipp saßen schweigend da. Lützelschwabs Augen irrten auf den gemusterten Tapeten umher, Esther ließ ihre über den Himmel draußen spazieren.

Anna kam aus der Küche, gab Philipp die Tasse und sagte: »Sie sollen nicht meinen, daß sich jetzt mein Verhältnis zu Ihnen ändert. Ich möchte nichts mit Ihnen zu tun haben, und ich wünsche, daß Sie mich in Ruhe lassen.«

»Er hat nichts von Ihrer Existenz gewußt«, sagte Esther und blickte Anna an.

»Kann sein. Trotzdem. Ich will es nicht.«

»Ich ging damals nach Liebenau, heute Tschechien«, sagte Philipp. »Ich wurde versetzt.«

»Ich habe nach dem Krieg gehört, Sie seien Aufseher in einem Konzentrationslager geworden.«
»Das ist gelogen. Ich war Abteilungsleiter in einer Fabrik in Liebenau.«
»Und die Arbeiter waren keine Häftlinge?«
»Es waren Zwangsarbeiter. Russische Zwangsarbeiter. Sogenannter Reichseinsatz. Vornehmlich Leute aus der Gegend von Moskau.«
»Was macht das für einen Unterschied?« sagte Anna, ohne ihn anzusehen.
»Einen sehr großen. Ich sorgte dafür, daß sie hatten, was sie zum Leben brauchten. Ich behandelte sie gut.«
»Das geht mich nichts an. Bitte gehen Sie jetzt. Beide«, sagte Anna.
Lützelschwab hob seinen Ledersack hoch, und auch Esther stand auf.
»Sie müssen das verstehen«, sagte Anna zu Esther. Sie gab Philipp nicht die Hand.
Unten blieb Lützelschwab vor der zerkratzten Tür stehen.
»Sie will nichts von mir wissen. Ich hätte nicht herkommen sollen. Sie will es nicht verstehen.«
Es sah aus, als ob er kleiner geworden wäre. Da legte ihm Esther die Hand auf die Schulter und zog ihn schnell ein wenig an sich.

»Gehen wir essen? Kommst du mit?«
Sie hatte ihn bisher nicht geduzt. Ohne Erstaunen sagte er: »Wohin willst du?«
Nebeneinander gingen sie auf dem halbfertigen Plattenweg zur Straße und weiter zur Haltestelle.

Früher war es das Gästehaus der Regierung gewesen. Seit der Wende war es eine Gaststätte. Auch hier gelbbraunes Kunstleder, an den Ecken eingerissen, imitierte Eleganz. Die Kronleuchter waren das einzige Echte. Die waren noch aus der alten ČSSR.
Esther ließ es sich etwas kosten. Philipp aß mit Appetit. Dazwischen wiederholte er: »Sie will es nicht verstehen.«
»Es ist schwer in ihrer Lage und auch sonst«, warf Esther ein.
Er ließ es nicht gelten. »Ich war kein Faschist. Nie. Ein Faschist war bereit, sein Vaterland an die Nazis zu verraten. So bin ich nie gewesen.«
»Hast du eigentlich je bereut, desertiert zu sein?« fragte Esther.
»Ich habe schnell gesehen, daß es nicht das war, was ich erwartet hatte.«

»Aber du bist bis zuletzt geblieben.«

»Was hätte ich tun sollen? Wenn ich nicht spurte, drohten sie mir mit Abschiebung.«

»Du hast dich nach dem Krieg nicht gestellt.«

»Man hätte es nicht verstanden. Man hätte mich zum Nazi gestempelt. Ich war keiner. Begreifst du?«

»Offen gesagt, nein.«

»Nach dem Krieg hat man die Kleinen gehängt und die Großen laufenlassen. Die wirklichen Nazifreunde saßen im Schweizer Generalstab und in den leitenden Posten der Industrie. Die kamen ungeschoren davon. Aber unsereinen wollte man schnappen. Wir sollten stellvertretend für die andern büßen. Dieses Spiel habe ich nicht mitgemacht.«

»Was hast du jetzt vor?« fragte Esther nach dem Essen.

»Ich fahre.«

»Wohin?«

»In die Schweiz. Erst nach Zürich, dann nach Trogen. Ich will es noch einmal sehen.« Der lederne Sack hatte unter dem Stuhl gewartet. Philipp schulterte ihn. »Sehe ich dich noch?« fragte er.

Esther hob die Schultern. Dann fuhr sie ins

Hotel und rief wie versprochen Gerold Meyer an.
»Er will nach Trogen fahren. Erst nach Zürich, dann nach Trogen.«
»Ich hab es befürchtet«, sagte ihr Onkel.

10

Die Basler Zeitungsausträger sahen nichts, als sie in der Morgendämmerung ihre kleinen Wagen vorbeischoben. Auch die Frühaufsteher sahen nichts, die von der Elisabethenstraße an den Barfüßerplatz hinuntereilten, um das Tram nicht zu verpassen. Nicht einmal die beiden Polizisten sahen etwas, die nach acht Uhr an Tinguelys Brunnen vorbeipatrouillierten. Und die Hausfrauen sahen nichts, die einkaufen gingen, ebensowenig wie die höheren Bankangestellten, die in Krawatte und dunklem Anzug an ihre Schreibtische eilten. Die Schauspieler sahen nichts, deren Probe um zehn Uhr im Theater begann, und auch die Schüler sahen nichts, die beim Brunnen auf ihre Freundinnen warteten.

Erst gegen halb elf lief ein kleines Kind, das staunend vor den Wasserspeiern gestanden hatte, zu seiner Mutter und rief:

»Da liegt ein Mann.«

Die Mutter begriff nicht, bis das Kind sie an der

Hand zum Rand des Brunnens zog und ins Wasser zeigte und sagte:
»Da.«
Nun sah auch die Mutter die verzerrten, aber dennoch deutlichen Umrisse eines Mannes, der auf dem Rücken im Wasser lag und in den Himmel starrte. Die Mutter blickte sich um. Wahrscheinlich wäre sie am liebsten weggegangen, ohne sich weiter um den zweifellos Toten im Wasser zu kümmern. Aber das Kind hatte so laut gerufen, daß zwei alte Frauen auf einer Bank und ein Alkoholiker auf einer anderen Bank aufmerksam geworden und auch an den Rand des Brunnens getreten waren.
»Komm«, sagte die Mutter zu dem Kind und wollte es wegziehen.
Da sagte die eine der beiden alten Frauen: »Sie können jetzt nicht fortgehen. Sie müssen hierbleiben, bis die Polizei kommt.«
»Man muß die Polizei verständigen«, sagte die andere Frau.
»Polizei, jawohl«, sagte der Alkoholiker.
»Ich weiß nicht, wie«, sagte die Mutter des Kindes.
»Aber ich. Warten Sie hier«, sagte die eine alte Frau und entfernte sich.

Inzwischen redete der Alkoholiker Passanten an und zeigte auf die Leiche im Brunnen. Bis die Polizei kam, hatte sich eine Traube von Neugierigen gebildet.

Die beiden Polizisten schauten ins Wasser. Dann redete der eine Polizist in sein Funkgerät, während der andere Papier und Bleistift hervorzog. Als der erste aufgehört hatte zu funken, trat der zweite auf die Frau mit dem Kind zu.

»Ihren Namen, bitte.«

Es dauerte eine Weile, bis ein weiterer Polizeiwagen und ein Leichenwagen auf den Platz fuhren.

»Stellt doch wenigstens das Wasser ab. Was ist das für eine Art, die Wasserspeier laufen zu lassen, während ein Toter im Brunnen liegt«, rief eine Stimme.

Drei Polizisten in Overall und Stiefeln holten den Toten heraus. Das Wasserspiel lief weiter. Sie legten den Toten auf eine Bahre.

Es war ein Mann höheren Alters, nicht sehr groß, etwas dicklich. Er war vollständig angekleidet. Das Wasser lief aus seinen Kleidern. Es war kein Blut zu sehen. Die Hände des Toten klatschten, kaum hatte ein Polizist sie übereinandergelegt, gleich wieder zu beiden Seiten der Bahre auf die Pflastersteine.

Einer der Polizisten kniete nieder und durchsuchte die Taschen des Mannes. Er fand nichts, keine Papiere, kein Portemonnaie.

»Er ist beraubt und dann ermordet worden«, sagte eine Stimme aus der Menge.

»Die Drogensüchtigen«, sagte eine andere Stimme.

Der Polizist, der neben dem Toten gekniet und ihn erfolglos durchsucht hatte, trat jetzt auf die Leute zu. »Kennt jemand den Mann?« fragte er.

Es blieb still.

Der Polizist wiederholte seine Frage. Niemand meldete sich.

»Wenn jemand ihn erkennen sollte, melde er sich bitte bei uns«, sagte er.

Der Tote wurde in einen metallenen Sarg gelegt und in den schwarzen Wagen geschoben.

In der Gerichtsmedizin, wohin der Tote überführt wurde, stellte man fest, daß er nicht nur keine Papiere bei sich trug, sondern daß alles, was zu seiner Erkennung hätte beitragen können, sorgfältig entfernt worden war. Etiketten und Wäschemarken waren herausgetrennt, sogar das Fabrikationszeichen in der Unterhose. Die Kleider waren, wurde weiter bemerkt, aus

erstklassigen Materialien, der khakifarbene Anzug wahrscheinlich italienischer, die Schuhe englischer Herkunft. Aber auch aus den Schuhen war der Firmenname des Herstellers entfernt worden.
›Der Mann ist ungefähr achtzig Jahre alt. Gesundheitlicher Gesamtzustand gut. Er hat eine große Anzahl von Schlaftabletten mit Whisky zu sich genommen. Die Tablettenpackung war das einzige, was in seinen Hosentaschen gefunden wurde, ansonsten nicht einmal ein Taschentuch. Ist eine Whiskyflasche sichergestellt worden?‹ hieß es in einem vorläufigen Bericht der Gerichtsmedizin an den Untersuchungsrichter.
Der Fundort der Leiche war identisch mit dem Tatort. Auf dem Boden des Brunnens waren Spuren der Schuhsohlen des Toten zu erkennen, was einen Mord mit an Sicherheit grenzender Wahrscheinlichkeit ausschloß.
»Hier wollte einer auf Nummer Sicher gehen. Schluckt Tabletten, betrinkt sich und legt sich dann ins Wasser«, sagte der Gerichtsmediziner.
Die Whiskyflasche wurde nicht gefunden.
»Wenn sie noch halb voll war, fand sie im Laufe der Nacht sicher einen dankbaren Abnehmer«, stellte der Untersuchungsrichter fest.

Aus dem Bericht ging weiter hervor, daß der Mann etwa acht Stunden im Wasser gelegen haben mußte, bevor man ihn fand.

Niemand kannte den Toten, auch in der Gerichtsmedizin nicht. Das hing damit zusammen, daß Professor Wiedemann, Ordinarius für Gerichtsmedizin und Institutsleiter, in den Ferien war und durch einen jungen Oberarzt vertreten wurde, der nicht aus einer der alten Basler Familien stammte. Wiedemann hätte sofort gewußt, mit wem er es zu tun hatte.
Es ging auch keine Vermißtenmeldung ein. Darum erschien vier Tage später das Bild des Toten in der Zeitung. Das Gesicht war vom langen Liegen im Wasser aufgedunsen.
An diesem Vormittag gab es viele Anrufe aus der Basler Oberschicht. Danach stand fest, wer der Tote war. Es handelte sich um Professor Lukas Rothpletz, den ehemaligen Stiftungsdirektor und emeritierten Extraordinarius für Kunstgeschichte an der Universität. Die Meldung füllte am nächsten Tag nicht nur einige Spalten im Lokalteil der *Basler Zeitung*, sondern war auch der *Neuen Zürcher Zeitung* eine Notiz wert.

Gerold Meyer erfuhr davon beim Frühstück. Weil seine Frau aus einer alten Basler Familie stammte, hatte er immer noch die *Basler Zeitung* abonniert. Er erkannte Lukas Rothpletz sofort.
Er wählte die angegebene Nummer und erklärte, daß er und ein weiterer alter Klassenkamerad aus der Kantonsschule in Trogen am Tag vor dem tragischen Fund mit Rothpletz zusammen in Bern an der Trauerfeier eines anderen Klassenkameraden teilgenommen hätten. Neben seinen Personalien gab er auch die von Frischknecht an. Beide glaubten, den Grund für Rothpletz' Selbstmord zu kennen.
Am Morgen darauf wurden Meyer und Frischknecht nach Basel gebeten. In Rothpletz' Wohnung, die übrigens einem kleinen, aber feinen Museum der europäischen Kunst der letzten fünfzig Jahre glich, war ein Abschiedsbrief gefunden worden. Er enthielt ein schwer entwirrbares Knäuel von apokalyptischen Bildern. In einem Nebensatz war von der Trauerfeier eines Freundes aus Trogener Zeiten namens Kellerhals in Bern und von der Ankunft eines gewissen Lützelschwab die Rede. Der Untersuchungsrichter versprach sich von Meyer und Frischknecht Aufschluß darüber.

Obwohl Frischknecht es für Unsinn hielt, nicht mit dem Zug zu fahren, verabredete er sich mit Meyer, der wie immer unbedingt mit dem Wagen fahren wollte, vor dem Zürcher Hauptbahnhof.
»Wir werden weniger, würde Rothpletz sagen«, war das erste, was Meyer zu Frischknecht sagte.
»Und er hätte recht«, sagte Frischknecht. Er war trotz der Sommerhitze dunkel gekleidet, während Meyer das gewohnte ärztliche Weiß trug.
»Lützelschwab«, sagte Frischknecht.
»Natürlich Lützelschwab. Was hätte ihn sonst so aus der Bahn werfen können?« sagte Meyer. »Das war ja schon in Bern zu spüren. Er hatte Angst. Er machte sich Vorwürfe wegen der alten Geschichten. Schau einmal dort in die Zeitung.«
Es war die *Basler Zeitung* vom selben Tag. Sie lag auf dem Rücksitz, die Seite mit den Todesanzeigen war aufgeschlagen. Die von Rothpletz war mit »seine Angehörigen« unterschrieben.
»Wer ist das?« fragte Frischknecht.
»Keine Ahnung. Kinder hatte er nicht. Geschwister auch nicht. Er hat nie etwas von Verwandten erzählt.«
»Wenn du gestorben bist, zeigen sie sich«, sagte Frischknecht.

»Können wir ihn noch einmal sehen?« war das erste, was Meyer den Untersuchungsrichter fragte.

Dieser bedauerte. »Es bestand kein Anlaß, den Leichnam länger zurückzuhalten. Er wird heute nachmittag eingeäschert. Die Urnenbeisetzung findet morgen statt.«

Frischknecht und Meyer schauten einander an.

»Eingeäschert?« fragte Meyer. »Ausgerechnet Rothpletz eingeäschert? Er, der nicht begriff, wie jemand dafür sein konnte, daß seine Leiche verbrannt wurde? Wer hat das veranlaßt?«

»Seine Angehörigen.«

»Und wer ist das?«

»Ich hatte mit der Tochter einer Cousine von Professor Rothpletz zu tun, Frau Magna Kowatsch.«

»Frau Kowatsch ist mit Rothpletz verwandt? Sie fuhr ihn hie und da mit dem Wagen ins Elsaß, wenn er eine seiner geliebten alten Kirchen wiedersehen wollte«, sagte Meyer.

»Im Testament ist sie als Haupterbin eingesetzt«, sagte der Untersuchungsrichter. Dann kam er auf den Abschiedsbrief zu sprechen.

Frischknecht und Meyer klärten ihn über Lützelschwab auf. Die apokalyptischen Bilder bezogen sie auf Lützelschwabs erwartete Ankunft. Die

Erklärung leuchtete dem Untersuchungsrichter ein.
»Damit steht erst recht nichts mehr im Weg, dem Wunsch der Frau Kowatsch nachzukommen«, sagte er. »Ich denke nicht, daß sich dagegen etwas unternehmen läßt, es sei denn, es gelingt Ihnen, die Dame umzustimmen, meine Herren.«
Frischknecht und Meyer ließen sich Adresse und Telefonnummer geben.
»Wir sind es ihm schuldig. Er würde sich im Sarg umdrehen, wenn er wüßte, daß er verbrannt werden soll«, sagte Meyer auf dem Weg nach draußen.
Aus einer Telefonkabine rief Frischknecht die Nummer an. Es meldete sich ein Anrufbeantworter. »Hier ist die Praxis für ganzheitliche Leib- und Geisttherapie von Magna Kowatsch. Ich bin im Augenblick nicht erreichbar, dennoch bin ich für Sie da. Sprechen Sie nach dem Signalton vertrauensvoll Ihr Anliegen und Ihre Telefonnummer auf das Band, und ich rufe Sie persönlich zurück, sobald ich kann.«
Es war Mittag. Meyer und Frischknecht gingen essen. Vom Restaurant am Rheinufer aus versuchte Frischknecht noch zweimal, Magna Kowatsch zu erreichen. Beide Male antwortete

der Automat. Beim Kaffee beschlossen sie, den Wagen stehen zu lassen und zu Fuß zu Rothpletz' Wohnung zu gehen. Auf dem Weg merkte Frischknecht, daß Meyer leicht hinkte.
»Meine rechte Hüfte«, sagte Meyer. »Ich werde sie doch operieren lassen müssen.«
Sie fanden Magna Kowatsch in Rothpletz' Wohnung. Sie war um die fünfzig, hatte langes, dunkles, lose über die Schultern fallendes Haar und trug wallende, buntgefärbte Kleider, goldene Sterne an den Ohren und eine Kette mit Sonne, Mond und allen Sternzeichen um den Hals. Sie lächelte ein helfend überlegenes Lächeln, bis sie hörte, daß die beiden alten Männer Freunde ihres geistigen Onkels Lukas waren, wie sie Rothpletz nannte.
»Wir möchten Sie bitten, von einer Kremation des Leichnams abzusehen und Erdbestattung zu veranlassen«, sagte Meyer.
»Das verstehen Sie nicht«, antwortete die Frau mit einem scharfen Kratzen in der Stimme. »Es handelt sich um die Befreiung des Leiblichen ins Geistige, um die Emanzipation von der Materie, die Entfesselung des solaren Lichtleibes, wenn Sie begreifen, was ich meine.«
»Er hätte es nicht gewollt. Er war ausdrücklich gegen Kremation«, sagte Frischknecht.

Sie aber entgegnete: »Er muß es gewollt haben. Er, der für die Kunst, also für das aus dem Immateriellen Hereinbrechende sensible Mensch. Er hätte sich nicht mit Kunst befaßt, wenn er nicht das Irdische letztlich von sich hätte abschütteln wollen. Ich verstehe meinen Onkel besser als Sie, liebe Freunde. Vielleicht verstehe ich ihn sogar besser, als er sich selber verstand. Was in ihm angelegt war, bringe ich zur Vollendung. Das bin ich ihm schuldig. Er soll sich befreiend in Rauch auflösen können.«

Aus dem Arbeitszimmer von Rothpletz kam ein dicker Mensch. Er trug in jeder Hand ein Bild.

»Wenn es Ihnen recht ist, Frau Kowatsch, beginne ich jetzt mit dem Abtransport.«

»Das sind Klassenkameraden meines Onkels«, sagte Magna Kowatsch.

»Feuz, Auktionen aller Art«, sagte der Mann und ging hinaus.

»Sie lassen die Wohnung schon räumen?« fragte Frischknecht.

»Ich bin seine Erbin. Feuz nimmt mir alles en bloc ab.«

»Und die Bilder?« fragte Meyer.

»Und seine Bibliothek?« fragte Frischknecht.

»Feuz zahlt einen Pauschalpreis. Es geht auch

hier darum, sich nicht an das Irdische zu klammern. Sie können morgen gern zur Urnenbeisetzung kommen, falls Sie in Basel bleiben. 10 Uhr, Friedhof Hörnli.«

»Sie zerstört seine ganze Welt, noch bevor er unter der Erde ist«, sagte Meyer beim Hinausgehen.

»Sie war die einzige Verwandte, wenn man hier noch von Verwandtschaft sprechen kann. Ich glaube, er hat sie mit dem Testament regelrecht gekauft. Aus lauter Angst, allein zu sein, wenn er gebrechlich würde«, sagte Frischknecht.

»Und jetzt kann es ihr nicht schnell genug gehen«, sagte Meyer.

Sie übernachteten im Hotel Drei Könige am Rhein. Nach dem Abendessen saßen sie in der Bar und redeten von Rothpletz und den anderen Klassenkameraden. Als sie aufstanden, um schlafen zu gehen, merkten beide, daß sie zuviel getrunken hatten. Am nächsten Morgen erzählten sie, daß sie schlecht geschlafen hätten.

Außer ihnen und dem Bestattungsbeamten war um 10 Uhr niemand am Grab.

»Kommt die Dame nicht?« fragte der Beamte. »Sie hat uns nämlich ziemlich viel Arbeit gemacht.

Wollte ein Grab haben, das in einer besonderen Richtung zur Sonne liegt. Eine sehr komplizierte Berechnung, die ich nicht begriffen habe.«

Magna Kowatsch kam um zehn Minuten nach zehn in einem blauen, über und über mit Sonnenblumen bedruckten Kleid und einer Sonnenblume in jeder Hand.

»Man muß die Zeiten genau unterscheiden«, sagte sie.

Sie gab die Sonnenblumen dem Friedhofsgärtner, zog einen Satz Spielkarten aus der Tasche und legte sie im Kreis um das Urnengrab herum. Dann nahm sie die Blumen wieder und schaute auf die Uhr und wartete.

»Genau die Zeiten unterscheiden«, flüsterte sie. Frischknecht schaute auch auf die Uhr. Der Bestattungsbeamte wurde unruhig.

Dreizehn Minuten nach zehn begann Magna Kowatsch, zuerst in verhaltenen, dann immer ekstatischeren Schritten um das Grab ihres Onkels Lukas Rothpletz herum zu tanzen. Der Tanz, bei dem sie die Sonnenblumen schwenkte, sie über das offene Grab senkte und dann gegen den Himmel hob, dauerte fünf Minuten. Dann stand Magna Kowatsch still. Sie zeigte auf die Urne.

»Leeren Sie sie aus«, sagte sie zu dem Bestat-

tungsbeamten, und als die graue Asche in dem kleinen Erdloch lag, blickte sie verächtlich darauf.
»Asche zu Asche, Staub zu Staub«, sagte sie. Sie spuckte aus und wandte sich ab.
»Lassen wir den Schmutz Schmutz sein. Onkel Lukas ist in die Fülle des Lichtes eingetreten«, rief sie im Weggehen.
»Und die Jasskarten?« rief der Bestattungsbeamte.
»Werfen Sie sie weg. Sie haben keine Kraft mehr. Sie haben ihre weise Kraft meinem Onkel Lukas gegeben.«

»Glaubst du, daß Lützelschwab kommt?« fragte Frischknecht, als Meyer und er über den Bözberg nach Zürich zurückfuhren.
»Ich fürchte«, sagte Meyer.
»Wenn er kommt, erwarten wir ihn in Trogen. Ich lade ihn in mein Haus ein, und dort vollstrecken wir das Urteil«, sagte Frischknecht.
»Wir sind zu wenig, um ihn aufzuhängen, noch dazu mit meiner Hüfte. Du bist doch Jäger.«
»Ich soll ihn erschießen, und du bestätigst, daß es ein Unfall war?«
»So könnte man es machen«, sagte Meyer.

11

Sie erwartete nicht, daß Philipp abreisen würde, ohne es ihr zu sagen. Dennoch schlief sie in der folgenden Nacht unruhig und hätte ihn am liebsten angerufen.

Am Morgen war es dann Philipp, der sie anrief.

»Ich will noch einmal nach Großplötznitz. Bitte, komm mit.«

Also begleitete sie ihn, in das Werk, in das Gasthaus, ins Dorf. Die Wirtin erkannte ihn nicht. Er sprach nicht über das, was er suchte. Sie fuhren mit dem schmutzigen gelbweißen Bus zurück.

»Eigentlich hätte ich noch nach Liebenau fahren wollen. Ich wurde von Großplötznitz nach Liebenau versetzt«, sagte Philipp.

»Du wolltest hinfahren, und nun willst du es nicht mehr?«

»Nein.«

»Fürchtest du dich davor?«

»Wovor?«

»Vor den Leuten dort.«

»Ich habe ihnen nichts getan.«
»Aber du hast mit ihrem Feind zusammengearbeitet.«
»So einfach ist das nicht.«
»Trotzdem sehen sie es wahrscheinlich so. Oder hast du Angst vor den Erinnerungen?«
»Es ist genug. Ich fahre morgen in die Schweiz.«

Der Zug ging ab Leipzig nullachtnullvier. Ob Esther mitfahren würde, hatten sie gestern abend in der Schwebe gelassen.
»Ich habe ja ein Flugticket.«
Jetzt war es zehn vor acht, und Esther wartete am Kopf des Bahnsteigs. In der riesengroßen Halle konnte man jeden einzelnen mit den Augen verfolgen.
»Werktätige«, sagte Esther.
»Was?« fragte Philipp.
Sie zeigte auf die Leute. »Alles Werktätige.«
Er war nicht erstaunt, daß sie da war, aber froh. Deshalb gab er ihr einen Kuß auf die Wange. Den ledernen Sack trug er über der Schulter. Als sich der Zug nach Westen in Bewegung setzte, sagte er wie einer, der eigentlich in die andere Richtung fahren wollte:
»Liebenau.«

»Was ist damit?«

»Liebenau liegt südlich von Reichenberg. Reichenberg heißt tschechisch Liberec. Reichenberg war damals die Hauptstadt des Reichsgaus Sudetenland. Liebenau liegt südlich davon, an der Bahnlinie von Prag nach Reichenberg. Hodkovice, wie Liebenau auf tschechisch heißt, liegt an der Mohelka, die in die Iser fließt, und die Iser fließt in die Elbe. Es wäre nicht weit. Nach Dresden anderthalb Stunden, von Dresden nach Reichenberg…«

»Was ist mit Liebenau?« fragte Esther.

»Ich mag nicht hin. Mir fehlt die Kraft.«

»Meinst du, in der Schweiz brauchst du keine Kraft?«

»Auch. Eben. Ich brauche sie für die Schweiz.«

Er holte zwei Dosen Bier aus dem Ledersack und stellte sie auf das Fensterbrett.

»Wenn du Durst hast, trink.«

Er öffnete eine Dose und reichte sie Esther. Sie nahm einen Schluck und noch einen und gab ihm die Dose zurück. Er trank sie leer.

»Ich kam 1942 dorthin. Maschineningenieure konnten sie in Liebenau gut gebrauchen. Es gab dort Webereien, Papierindustrie. Vor allem gab es eine Maschinenfabrik.«

»Mit Zwangsarbeitern.«
»Reichseinsatz. Russen.«
»Liebenau ist ein zu schöner Name«, sagte Esther. »Liebenau stelle ich mir wie Großplötznitz vor. Schlote, die Tag und Nacht rauchen und die Gegend schwarz färben.«
»Das ist nicht richtig«, sagte Philipp. »Es gibt viel Wald in der Gegend.«
»Der Wald in Tschechien ist krank. Von den Bäumen sind nichts als graue Stummel übrig.«
»Damals noch nicht«, sagte Philipp.
»Und du warst da der Chef?«
»Nicht der große Chef, aber Abteilungschef. Wir stellten zuerst Ventile her für die Reifen von Wehrmachtlastwagen. Ich entwickelte eine vereinfachte, aber sicherere Konstruktion. Als ich kam, verließen täglich vierhundert Ventile die Fabrik, nach einem halben Jahr waren es tausend. Die Parteiidioten, die da in den Büros herumhockten, verstanden nichts. Hatten sich dorthin abkommandieren lassen, nur weil sie nicht an die Front wollten. Später lieferten wir Bestandteile für die Abschußvorrichtungen der V-Waffen. Auch dabei habe ich die Produktion erhöht.«
»Und die Zwangsarbeiter?«
»Fast alle aus der Gegend um Moskau.«

»Wie viele?«

»In meiner Abteilung rund zweihundert.«

»Auch Frauen?«

»Über fünfzig Prozent.«

»Und Kinder?«

Er behauptete, es habe keine Kinder unter den Zwangsarbeitern gegeben, und behauptete weiter, »seine« Russen, wie er sie nannte, seien gut behandelt worden, genügend Essen und warme Kleider im Winter, und auch die Baracken, in denen sie gewohnt hätten – Philipp sagte »gewohnt« –, seien nicht schlecht gewesen.

»Hinter Stacheldraht?« fragte Esther.

»Selbstverständlich hinter Stacheldraht, was denkst du. Die wären sonst sofort abgehauen.«

»Und sind keine abgehauen?«

Es habe Tod durch Erschießen darauf gestanden, wenn einer erwischt worden sei. »Aber versucht wurde es dennoch.«

Aus seiner »Abteilung«, wie er es nannte, flohen zwei hintereinander. Sie wurden nicht geschnappt. Philipp bekam die Gestapo auf den Hals. Die drohte ihm, er werde an die Schweiz ausgeliefert, wenn es noch einmal vorkomme.

»Ich glaubte zu wissen, wer die Fluchthelfer waren.«

Eine Gruppe um den Pfarrer von Liebenau. Deshalb sei er eines Abends zu ihm gegangen. »Wenn Sie es noch einmal tun, zeige ich Sie bei der Gestapo an. Sagen Sie das auch Ihren Hintermännern.« Der Pfarrer, ein älterer Mann, habe nichts zugegeben und nichts abgestritten.
Ein Jahr später sei er wieder im Pfarrhaus gewesen. Diesmal nicht mit einer Drohung, sondern mit einer Bitte.
»Was ich fragen wollte«, unterbrach ihn Esther. »Wenn über die Hälfte Frauen waren, hattest du eine Freundin darunter?«
Inzwischen waren sie in Erfurt. Sie schauten beide aus dem Fenster. Es stieg niemand zu ihnen ins Abteil. Erst als der Zug weiterfuhr, kam Philipp auf die Frage zurück.
Ja, er hatte eine Freundin. Eine junge Moskauerin, die gut deutsch sprach. Ilona. Es ergab sich allmählich. Sie arbeitete in der Fabrik. Dort sah er sie zuerst. Sie gefiel ihm. Er sorgte dafür, daß sie beim Reinigungsdienst eingeteilt wurde. Sie machte auch seine Wohnung sauber, die auf dem Fabrikareal lag. Als sie schwanger wurde, nahm ein Arzt aus dem Ort auf seinen Befehl heimlich eine fachgerechte Abtreibung vor. Der Mann hielt dicht. Die Gestapo merkte nichts.

»Gab es ein Bordell?« fragte Esther.
»In jeder Stadt mit Soldaten gibt es so etwas wie ein Bordell. Ich ging da nicht hin.«
»Ich meine auf dem Gelände der Fabrik. Wurden Zwangsarbeiterinnen auch zur Prostitution gezwungen?«
»Ich glaube schon. Ich hatte aber nichts damit zu tun.«
»Bist du sicher, daß dein Verhältnis keine Prostitution war?«
»Sie hat mich geliebt. Ich sie auch. Sie hing an mir. Sie hingen alle an mir. Die Russen sind warmherzige Leute, wenn man gut zu ihnen ist.«
»Und du warst gut zu ihnen?«
»Sie hatten zu essen, sie froren nicht. Ich versuchte mein Bestes. Zu den Gestapoleuten habe ich immer gesagt: ›Wenn ihr sie nicht wie Vieh behandelt, leisten sie mehr. Und das ist schließlich die Hauptsache.‹«
»Für dich war die Produktion die Hauptsache. Auch für die Gestapoleute?«
»Nein, für die nicht«, sagte Philipp. »Die hatten keinen Sinn für die Produktion. Überhaupt keinen Sinn für die Technik. Die hatten nichts im Sinn als Leuteschinderei. Und wenn du deine Zwangsarbeiter gut behandeltest, machtest du

dich bei der Gestapo verdächtig. ›Wir können Sie jederzeit an die Schweiz ausliefern, vergessen Sie das nicht‹, sagten sie zu mir.«

»Und dann hast du den Pfarrer ein zweites Mal aufgesucht«, sagte Esther.

»Das war im Sommer nach Stalingrad, vierundvierzig. Ilonas Gesundheit war angegriffen. In den Lagern ging die Tuberkulose um. Viele starben. Als Ersatz für die Toten wurden neue Zwangsarbeiter gebracht. Die Produktion durfte nicht zurückgehen.«

Der Pfarrer empfing Philipp mißtrauisch. Und er glaubte zuerst nicht, daß Philipp Ilona zur Flucht verhelfen wollte. Aus Angst, wegen der Abtreibung verraten zu werden, machte der Arzt mit. Er stellte den Totenschein aus. Und der Pfarrer ließ ein Grab ausheben, einen Sarg hineinsenken und das Grab schließen. In dem Sarg war nichts als Erde. Ilona wartete derweil im Haus des Pfarrers, und gegen Morgen kamen die tschechischen Partisanen und nahmen sie mit.

»Hast du sie je wiedergesehen?«

»Ich habe sie nie wiedergesehen. Ich weiß nicht, ob sie noch lebt. Aber ich wäre gern hingefahren. Erst nach Liebenau, und dann nach Rußland, jetzt, wo das möglich ist.«

»Warum tust du es nicht?«
»Mir fehlt die Kraft. Ich bin ein alter Mann.«
»Hättest du keine Angst, die früheren Zwangsarbeiter wiederzusehen?«
»Vergiß nicht, daß sie mich verehrten. Manche küßten mir die Hände. Als die Russen näher kamen und die Dinge aus den Fugen gerieten, machte ich mich auf den Weg nach Westen. ›Komm uns besuchen, wenn alles vorüber ist. Du wirst unser Gast sein‹, sagten sie zu mir.«
»Haben sie überlebt?«
»Ich weiß es nicht. Ilona hätte ich gern wiedergesehen.«
»Vielleicht hätte man dich angezeigt und an die Wand gestellt.«
Der Zug hielt in Bebra. Auch bis Frankfurt blieben sie allein im Abteil. Philipp mochte nicht mehr erzählen.
»Es sind alte Geschichten«, sagte er und lehnte den Kopf zurück, um zu schlafen.
Später, zwischen Frankfurt und Basel, ließen sie sich Brote aus dem Speisewagen bringen.
»Sie haben mich wirklich verehrt«, wiederholte Philipp.
Esther sagte nichts.
Kurz vor Basel fragte sie: »Hat dir damals

eigentlich jemand geholfen? Ich meine, über die Grenze zu kommen.«

»Ein Zürcher Anwalt. Von einem Klassenkameraden aus Trogen bekam ich den Tip. Es war sein Onkel.«

Von Basel bis Zürich redeten sie kein Wort mehr darüber. Andere Fahrgäste waren hinzugekommen.

12

Esthers Anruf aus Leipzig ließ auf sich warten. Meyer lief vor dem Telefon auf und ab. Schließlich rief er in Esthers Hotel an.

»Die Däme ist üm hälb äscht äbschereist«, antwortete die Telefonistin. Es klang so altmodisch wie der real gewesene Sozialismus.

»Heute?«

»Scha hoide.«

Das war gegen neun. Er schaute im Fahrplan nach, dann besprach er sich mit Frischknecht.

»Ich weiß nicht, warum sie sich nicht mehr gemeldet hat«, sagte er. »Wenn sie um nullachtnullvier gefahren sind, können sie gegen vier Uhr nachmittags in Basel sein.«

»Wer sagt denn, daß Lützelschwab mitfährt?«

»Du glaubst doch nicht, daß der in Leipzig bleibt und sich dort ein Häuschen für den Lebensabend kauft!«

»Er könnte noch nach Liebenau gefahren sein. Immerhin muß er viele Erinnerungen an diesen

Ort haben, und nicht die leichtesten. Vielleicht ist deine Nichte mitgefahren.«

»Wie auch immer. Wenn sie hierher unterwegs sind, kommen sie um siebzehnnullnull an«, sagte Meyer.

»Das läßt sich leicht feststellen. Du stehst um fünf Uhr am Bahnsteig. Aber paß auf, daß deine Nichte dich nicht sieht.«

Meyer, die blaue Baseballmütze auf dem Kopf, die seine amerikanischen Enkel ihm aus Texas mitgebracht hatten, wartete am Bahnsteig. Diesmal war er zu früh. Reisende drängten an ihm vorbei. Schwitzende Touristen schleppten Koffer und Rucksäcke. Müde Büroangestellte liefen zu ihren Zügen. Elektromobile der PTT karrten schnurrend Berge von Post von einem Zug zum andern. An den Biertheken hinter ihm lehnten Alkoholiker und hielten laute Reden über den Lauf der Welt, während ihre vernachlässigten Hunde zwischen ihren Füßen lagen und nachsichtig gähnten. Die kleinwüchsige Bahnhofsmafia der Spatzen hatte das Terrain fest in der Hand. Unter den Glasgewölben staute sich heiße verbrauchte Luft.

Der Zug fuhr pünktlich ein. Meyer stemmte sich

gegen den Schwall der Aussteigenden, die es alle eilig hatten, nach Hause zu kommen. Er flüchtete sich in den Schatten eines Warenlifts, um nicht fortgespült und von denen, die er erwartete, nicht gesehen zu werden.
Er wartete lange. Da sah er endlich seine Nichte Esther und neben ihr Lützelschwab. Er hätte ihn nicht wiedererkannt. Lützelschwab hatte seinen Ledersack über die Schulter geworfen.
Meyer folgte ihnen durch das Gewühl zum Ausgang zur Limmat hin und über die Brücke zum Central. Die beiden steuerten auf das Hotel Limmathof zu, ein schmales Haus, in dem vorwiegend Vertreter übernachten.
Esther und Lützelschwab betraten das Hotel. Meyer wartete draußen. Es dauerte nicht lange, bis beide wieder herauskamen. Lützelschwab trug den Ledersack nicht mehr bei sich. Esther verabschiedete sich mit einem Kuß auf die eine und auf die andere Wange von Lützelschwab.

Von zu Hause aus rief Meyer Frischknecht an.
»Wenn er heute noch weiterfahren wollte, hätte er kein Hotelzimmer genommen. Wahrscheinlich fährt er erst nach Baden, bevor er nach Trogen kommt. Er ist ja in Baden aufgewachsen.«

»Du sagst, deine Nichte hat ihn geküßt?« fragte Frischknecht. »Hoffentlich hat sich zwischen den beiden kein Techtelmechtel entwickelt. Das würde auch erklären, warum sie dich nicht angerufen hat. Was weiß sie von unserem Plan?«
»Nicht viel, eigentlich nichts. Sie weiß nur, daß wir mit Lützelschwab nichts zu tun haben wollen.«
»Sie könnte ein Hindernis werden. Wir müßten sie irgendwie festhalten.«
»Aber wie?«
»Was weiß ich? Mit einem Auftrag ihrer Zeitung oder mit einem Todesfall in deiner Familie. Das wäre das sicherste. Jedenfalls solltest du jetzt heraufkommen. Nimm Marguerite mit. Ich bestelle ein Zimmer für euch in der Krone.«

Frischknecht, der frühere Brigadekommandant, war ein Waffennarr. Er hatte eine kleine Schießanlage im Keller seines Hauses einbauen lassen. Dort machte er jeden Vormittag Zielübungen. Bis vor kurzem hatte er auch gejagt. Die Gewehre und Flinten standen wie ausgerichtete Soldaten in einem Glasschrank in seinem Arbeitszimmer.
Als Irina eintrat, hatte Frischknecht eine der

Flinten in der Hand. Die Tür des Waffenschranks war offen, auch die Schublade, in der er die Munition aufbewahrte.
»Ich glaube, ich sollte sie wieder einmal fetten«, sagte Frischknecht. »Morgen werde ich sie zerlegen. Ach ja: Gerold und Marguerite kommen morgen herauf. Sie wollen ein paar Tage in der Krone von Trogen Ferien machen.«
Irina sagte, sie freue sich. Man könnte doch etwas zusammen unternehmen, auf die Schwägalp und den Säntis fahren oder an den Bodensee, nach Lindau hinüber zum Beispiel. Frischknecht hörte kaum hin und antwortete vage.
Wenig später wurde er zum Treffen seines Lions-Clubs abgeholt. Kaum war er weg, ging Irina in sein Arbeitszimmer und holte die Jagdflinte hervor. Sie zog die beiden Patronen aus den Läufen und stellte die Flinte in den Schrank zurück. Sie schloß die Munitionsschublade ab und legte den Schlüssel in der Küche hinter das Kaffeegeschirr. Die Küche war für Otto unbekanntes Terrain.
Dann las sie den ganzen Abend. Um elf Uhr hörte sie einen Wagen vorfahren. Ein jüngerer Lions-Freund brachte Otto nach Hause.
»Ich freue mich richtig auf Gerold und Marguerite«, sagte sie, als die beiden zu Bett gingen.

»Auf wen? Ach ja, die kommen ja morgen. Ich hätte es beinahe vergessen«, sagte Frischknecht.

Marguerite war daran gewöhnt, daß Gerold plötzlich irgendwohin fahren wollte. Seit seine Hüfte schmerzte, hing er noch mehr am Auto als früher, und sie waren viel unterwegs.
»Pack ein paar Sachen ein. Wir fahren ins Appenzellerland«, sagte er am Morgen. Es war schönes, nicht mehr so heißes Wetter.
»Wie lange bleiben wir?« fragte Marguerite.
»Wir werden sehen. Ein paar Tage sicher. In Trogen.«
»Du hast ein Zimmer bestellt?«
»Otto Frischknecht hat es für uns getan. In der Krone.«
Marguerite wusch noch das Frühstücksgeschirr ab, Gerold hatte den Wagen schon aus der Garage geholt und die Tasche verstaut. Er stand in der Küchentür.
»Muß das jetzt noch sein?« fragte er ungeduldig.
»Du weißt, daß ich nicht gern aus dem Haus gehe, wenn nicht aufgeräumt ist. Laß inzwischen die Rolläden herunter.«
»Wir verpassen die schönste Zeit des Tages«, brummte er.

Sie ließ sich nicht aus der Ruhe bringen. Als sie fertig war, rief sie: »Wir können fahren.«
Er schloß die Haustür. Sie saßen schon im Wagen, als er merkte, daß er seine Sonnenbrille auf der Kommode im Korridor liegengelassen hatte. Er schimpfte, als wäre sie schuld daran.
An der Autobahnausfahrt Gossau sagte Gerold, er wolle über Herisau, Hundwil, Stein und Teufen nach Trogen fahren.
»Sei nicht so nervös. Wir sind ja nicht in Eile«, sagte Marguerite.
In Teufen fragte Gerold Marguerite, ob sie die Straße über Speicher oder die über Bühler nehmen sollten. Marguerite war eher für die Straße über Speicher.
»Es ist ein schönes Dorf, und wir könnten wieder einmal die Kirche anschauen«, sagte sie.
Gerold aber meinte, über Bühler sei es näher. Marguerite sagte nichts.
Die Straße von Bühler nach Trogen ist schmal, fast nur einspurig. Meyer fuhr schnell. In einer unübersichtlichen Kurve kam ihm ein Holztransporter entgegen. Er konnte nicht mehr rechtzeitig bremsen. Sie prallten frontal gegen den Lastwagen. Meyer und seine Frau waren auf der Stelle tot.

Frischknecht wartete am Nachmittag vergeblich darauf, daß Meyer sich aus Trogen meldete. »Sie werden sich verspätet haben«, sagte er zu Irina.

13

Am selben Tag, kurz nach neun, verließ Lützelschwab das Hotel am Central. Er hatte im Restaurant gefrühstückt und ging nun, den Ledersack über der Schulter, um die Ecke zur Polybahn, deren Wagen wie Gartenhäuschen aussehen, und fuhr den Berg hinauf.

Oben angekommen, bog er nach rechts ab, zur Eidgenössischen Technischen Hochschule. Auf der Terrasse vor dem Zentralbau, den Gottfried Semper, ein politischer Flüchtling aus Deutschland, gebaut hat, blieb er stehen. Er schaute auf die Stadt hinunter, auf die Baukräne, auf die eingerüsteten Kirchtürme.

Dann betrat er die ETH. Unter der Kuppel sprach er einen Hauswart in blauem Kittel an.

»Wo sind die Kastanien hingekommen?« fragte er.

Der andere verstand nicht, was er meinte.

»Die Kastanien draußen auf der Terrasse.«

Der Hauswart wußte nichts von Kastanien. Lützelschwab fragte nach dem Büro des Rektors. Die Dame im Vorzimmer war stark geschminkt, der Lippenstift an den Mundecken leicht verschmiert.

»Entschuldigen Sie«, sagte Lützelschwab, »ich möchte wissen, wo die Kastanienbäume hingekommen sind, die vor der ETH gestanden haben.«

Die Frau sah ihn an. »Was geht Sie das an?«

»Ich habe hier studiert«, sagte er.

»Ach ja? Ich habe noch nie etwas von Kastanienbäumen gehört. Tut mir leid.«

Der Alte fragte, ob der Rektor zu sprechen wäre.

»Der Rektor kann sich nicht mit Kastanienbäumen befassen«, sagte die Vorzimmerdame.

»Die Kastanienbäume waren sehr schön«, sagte der Alte. »Es war wie eine überdachte Laube. Im Sommer angenehm kühl. Jetzt, wo alle weg sind…«

»Sie sind schon lange weg. Ich war noch nicht hier.«

Er ging.

Als der Rektor später aus seinem Büro kam, sagte die Vorzimmerdame: »Da war vorhin einer, ein Alter, der wollte wissen, was mit den Kastanien auf dem Vorplatz geschehen sei.«

»Sorgen haben die Leute«, sagte der Rektor, ohne seine Schritte zu verlangsamen.

Bevor Lützelschwab das Hauptgebäude der ETH verließ, schlug er in einer Kabine das Telefonbuch der Stadt Zürich auf. Er schrieb nichts auf, er behielt die Adresse im Kopf.
Lauers Anwaltspraxis war immer noch an der Bahnhofstraße. Sie hieß jetzt Lauer, Cottu und Haubensack. Lützelschwab ging zu Fuß. Er brauchte eine halbe Stunde. Den Berg hinunter, über die Limmat, vorbei an der alten Sternwarte Urania bis an die Bahnhofstraße.
Das Büro war weiter oben zum See hin. Ein Jugendstilhaus mit üppigen Steinwucherungen an der Fassade. Wieder begrüßte ihn eine Vorzimmerdame. Ob er einen Termin mit Herrn Doktor Lauer habe? Nein, aber es sei dringend.
»Leider...«, wollte sie beginnen und sagen, daß Herr Doktor Lauer den ganzen Tag besetzt sei.
Lützelschwab ließ sie nicht ausreden. »Sagen Sie ihm, es handle sich um seinen Vater.«
Das wirkte wie Öl im verrosteten Schloß. Die Dame verschwand und kam sofort wieder zurück und sagte: »Herr Doktor Lauer läßt bitten.«

Es war ein helles Büro, nach hinten gelegen, im Hof standen Bäume. Alles war sehr modern und zugleich sehr klassisch, äußerst seriös. Auch Lauer selbst. Dunkelblauer Nadelstreifenanzug, dunkle Krawatte.

»Sie kommen in einer Angelegenheit meines Vaters?«

Er zeigte auf einen Stuhl und setzte sich hinter den Schreibtisch. Der Alte hielt den Ledersack auf den Knien und kramte darin herum. Er zog einen gelben Briefumschlag heraus.

»Das möchte ich Ihnen geben. Es gehört Ihrem Vater.«

»Mein Vater lebt nicht mehr. Er ist kürzlich gestorben«, sagte Lauer.

»Dann gebe ich es Ihnen. Was Ihrem Vater gehört, gehört dann ja jetzt Ihnen.«

»Was ist darin?«

Lauer öffnete den Umschlag nicht.

»Geld, das ich Ihrem Vater schulde.«

»Warum?«

»Es war neununddreißig«, sagte Lützelschwab. »Ich war mit dem Studium fertig und Leutnant. Da brach der Krieg aus. Ich bewunderte die Deutschen, ihre technischen Fähigkeiten und ihr Organisationstalent. Ich glaubte, daß ihnen die

Zukunft gehöre. Ich wollte dabeisein. Aber es war schwierig, besonders seit Beginn des Krieges. Desertion wurde schwer bestraft. Ich wollte auf Nummer Sicher gehen. Jemand sagte mir, Ihr Vater habe gute Beziehungen zu deutschen Stellen.«

Lauer unterbrach. »Was heißt zu deutschen Stellen? Mein Vater war mit dem schweizerischen Gesandten in Berlin befreundet. Mein Vater besuchte ihn vor dem Krieg öfter in Berlin.«

»Jedenfalls wurde mir gesagt, er könne mir weiterhelfen. Also ging ich zu ihm. Hierher. Es sah anders aus, aber es war hier.

›Was wollen Sie von mir, junger Mann?‹ fragte Ihr Vater. Ich sagte, daß ich nach Deutschland wolle und mir jemand geraten habe, zu ihm zu kommen. Und daß ich Geld brauche. Ich hatte ja bisher nichts verdient. Mein Vater hatte alles bezahlt, und ihn konnte ich nicht fragen. Ihr Vater hatte Verständnis.«

»Er hatte in Jena und Berlin studiert«, sagte Lauer.

»Er teile mit mir die Bewunderung für die technischen und organisatorischen Fähigkeiten der Deutschen, sagte er. Aber ob ich mir den Schritt gut überlegt habe.

›Ja‹, sagte ich, ›sehr gut.‹
Da stand Ihr Vater auf und ging zu einem Kassenschrank, der dort, hinter einem Bild, in die Wand eingelassen war. Er gab mir vierhundert Franken. Ohne Quittung. ›Eine Quittung schreiben wir nicht‹, sagte er. ›Überhaupt schreiben wir nichts.‹ Und bevor er mir die vierhundert Franken aushändigte, sagte er noch: ›Wir haben uns nie gesehen, Leutnant Lützelschwab, ist das klar? Sie waren hier, aber ich habe Sie nicht empfangen. Das wird auch meine Sekretärin bestätigen, wenn es nötig sein sollte.‹
Ich gab ihm mein Wort als Offizier. Darauf bestand er.
›Wohin wollen Sie denn?‹ fragte er mich. Ich verstand nicht, was er meinte. ›In die Waffen-SS?‹
Darüber hatte ich mir keine Gedanken gemacht. ›Ich werde sehen‹, sagte ich.
Dann erklärte er mir, was ich tun sollte. ›Sie verstecken Ihre Zivilkleider in einer Scheune nahe der Grenze.‹ Er holte eine Karte aus dem Schreibtisch. ›In dieser Gegend gibt es viele Scheunen. Sie warten, bis es Nacht ist. Dann gehen Sie diesen Weg‹, er zeigte ihn mir mit seinem Bleistift auf der Karte. ›Wenn Sie auf den Bach hier stoßen, folgen Sie ihm. Sie kommen

durch dieses Dorf. Gehen Sie nicht zur Polizei. Das könnte Schwierigkeiten geben. Gehen Sie bis nach Waldshut hinein und melden Sie sich dort bei der Grenzpolizei. Man wird Sie ohne große Umstände weiterleiten. Dafür sorge ich.‹«

Lauer junior schaute den Alten an.

»Sie wollen sagen...« Er brach ab.

»Und nun bin ich gekommen, um die vierhundert Franken zurückzugeben«, sagte der Alte.

»Und?« sagte Lauer.

»Alles lief, wie Ihr Vater es vorausgesagt hatte. Ich versteckte die Zivilkleider. Eines Nachts entfernte ich mich im Ausgang von der Truppe. Als man am Morgen meine Abwesenheit bemerkte, war ich längst jenseits der Grenze. Ich befolgte genau die Ratschläge Ihres Vaters. In Waldshut war man nicht überrascht, man erwartete mich. Die Gestapo verhörte mich, und dann wurde ich nach Berlin weitergereicht. Dort entschied man, daß ich als Ingenieur in Großplötznitz arbeiten solle.«

Lauer junior stand auf.

»Sie wollen damit sagen, mein Vater habe Ihnen den Weg gezeigt, wie Sie am besten nach Deutschland desertierten? Das ist eine unerhörte Anschuldigung. Eine Verleumdung, die ich nicht

auf meinem Vater sitzen lassen kann. Ich mache Sie darauf aufmerksam, daß ich juristisch gegen Sie vorgehen werde, falls Sie Dritten gegenüber diese oder ähnliche Aussagen wiederholen sollten. Und nun bitte ich Sie, mein Büro zu verlassen. Das hier nehmen Sie gefälligst mit.«
Er zeigte auf den gelben Umschlag, der immer noch auf dem Schreibtisch lag.
So einfach aber ließ sich Lützelschwab nicht hinauswerfen. Während er aufstand, sagte er: »Als ich zu Ihrem Vater sagte, daß ich ihn nicht honorieren könne, daß er mir statt dessen Geld leihen müsse, antwortete er: ›Sie können mir alles mit Zins und Zinseszins zurückzahlen, wenn Sie gesiegt haben. Denken Sie dann an mich.‹«
Lützelschwab schulterte seinen Ledersack und verließ das Büro.

Er ging ins Hotel am Central zurück und bezahlte die Rechnung.
»Ich dachte, Sie bleiben bis morgen«, sagte die junge Frau an der Rezeption.
»Dachte ich auch«, antwortete er, »aber manchmal kommt es anders.«
»Und wenn die Dame anruft – soll ich ihr etwas ausrichten?«

»Nein.«

Er brauchte nicht mehr ins Zimmer hinaufzugehen. Alles, was er besaß, trug er bei sich. Er schulterte wieder den ledernen Sack und verließ das Hotel.

Am Hauptbahnhof studierte er an einem Billettautomaten die Bestimmungsorte. Er zählte die Münzen ab und warf sie hinein. Er hatte schon den Zeigefinger der rechten Hand auf der Taste, auf der »Baden« stand, da zögerte er. Er drückte auf den Annullierungsknopf und nahm das Geld, das durch den Apparat rasselte, unter dem Plexiglasdeckel heraus.

Am Schalter standen drei vor ihm. Als er an der Reihe war, drehte er sich um und ging davon. Über die Limmat zurück zum Central.

»Da sind Sie ja wieder«, sagte die Frau an der Rezeption. »Gerade hat Ihre Bekannte aus Luzern angerufen.«

»Ist das Zimmer noch frei?« fragte der Alte.

»Ja, Ihr Zimmer ist noch frei.«

»Ich kann direkt telefonieren?«

»Natürlich können Sie das.«

14

Esther erfuhr am Abend, daß ihr Onkel und ihre Tante tödlich verunglückt waren. Daraufhin rief sie Otto Frischknecht in Heiden an. Sie erzählte ihm auch, daß sie Lützelschwab in Leipzig gefunden habe und trotz allem morgen mit ihm nach Trogen fahre. Frischknecht lud beide zu sich nach Hause ein. Er sagte, er würde Lützelschwab nach so vielen Jahren gern wiedersehen.
Als Esther am nächsten Morgen mit ihrem kleinen Wagen am Central einbog, wartete Lützelschwab schon vor dem Hotel. Der lederne Sack lag neben ihm auf dem Trottoir.
»Wie geht's?« fragte sie, als er eingestiegen war.
»Ich wollte eine alte Schuld zurückzahlen. Bei dem Anwalt, der mir damals geholfen hat. Er ist tot. Sein Sohn wollte nichts von der Geschichte wissen. Er heißt wie du«.
»Es ist mein Vater«, sagte Esther.
Lützelschwab schwieg.
»Ich habe gestern abend versucht, dich anzuru-

fen. Du warst nicht da«, sagte Esther nach einer Weile.
»Ich war da. Ich habe nicht abgenommen.«
»Gerold Meyer hat dir die Adresse meines Großvaters gegeben, nicht wahr?«
Lützelschwab nickte.
»Er ist tot. Autounfall. Gestern, mit seiner Frau, auf der Fahrt nach Trogen.«
Lützelschwab sagte nichts.
»Frischknecht...«, sagte Esther.
»Lebt er noch?« fragte Lützelschwab.
»Ja. Und hat uns zu sich eingeladen. Er wohnt in Heiden.«
»Das letzte Mal habe ich Frischknecht in Liebenau gesehen. Ich habe damals so getan, als wisse ich nicht, wer er sei.«
»Warum?«
»Weil ich nicht darauf vorbereitet war.«
»Daß du einem Schweizer gegenüberstandest, den du kanntest, und dazu noch einem Klassenkameraden?«
Er schwieg. Dann sagte er: »Er will mich sehen, sagst du? Ich will ihn auch sehen.«
»Mir wäre es lieber, wenn ihr euch nicht treffen würdet. Ich weiß nicht, was sie im Schilde führen«, sagte Esther.

»Wer ›sie‹?«
»Deine alten Klassenkameraden.«
»Viele können es nicht mehr sein.«
»Ja. Nun ist auch noch Onkel Gerold tot. Für sie bist du ein Verräter. Sie wollten dich zur Rechenschaft ziehen.«
»Frischknecht hat überhaupt keinen Grund dazu. Ich ging zu den Nazis und habe ihnen meine Haut verkauft. Mehr nicht. Er ging zu ihnen und hat ihnen Geschütze verkauft. Ich habe meine Russen gut behandelt. Seine Geschütze haben vielen Russen das Leben gekostet.«
»Es wäre besser, wenn ihr einander in Ruhe lassen würdet.«
»Ich will ihn aber sehen. Damit ich ihm auf den Kopf zusagen kann, daß ich mich nicht zum Sündenbock stempeln lasse. Nicht von ihm und nicht von seinen toten Freunden.«
Sie fuhren durch St. Gallen und weiter nach Speicher und dann nach Trogen. Als sie an der Kantonsschule vorbeikamen, fragte Esther: »Willst du hineingehen?«
»Nein«, sagte Lützelschwab. »Wenn noch einer von meinen Lehrern am Leben wäre, dann vielleicht. Aber das ist ja nicht möglich. Es hat keinen Sinn.«

Sie stiegen auf dem Dorfplatz aus. Lützelschwab schaute sich kaum um.
»Es hat sich nicht viel verändert«, sagte er. Er drängte Esther, weiterzufahren.
»Warum wolltest du überhaupt hierher, wenn du schon nach fünf Minuten genug hast?«
»Ich mußte Trogen noch einmal sehen. Das ist alles. Und ich wußte nicht, daß Frischknecht auf mich wartet.«
Sie fuhren ins Tobel hinunter, auf der anderen Seite die kurvige Straße nach Wald hinauf und dann auf der Höhe nach Heiden.
Irina stand in einem gelben Seidenkleid am Gartenzaun.
»Sie sollen hineingehen. Mein Mann erwartet Sie«, sagte sie zu Lützelschwab, ohne ihn zu begrüßen. »Und wir beide gehen in den Garten«, sagte sie zu Esther.

Seit einer halben Stunde saßen Irina und Esther im Garten. Sie hatten über den Unfall von Esthers Onkel und Tante geredet. Nun schwiegen sie und horchten. Sie hörten drinnen lautes Reden, aber verstanden kein Wort. Dann fiel ein Schuß. Gleichzeitig Gepolter.
Die Frauen fuhren auf und liefen ins Haus. Sie

fanden Lützelschwab in Frischknechts Arbeitszimmer liegen, links von ihm sein lederner Sack, offen, rechts von ihm eine Pistole. Vor dem geöffneten Gewehrschrank lag Frischknecht mit dem Gesicht nach unten, die Jagdflinte neben sich. Beide rührten sich nicht. Blut war nirgends zu sehen.

Der Arzt war schnell da.

»Herzinfarkt«, sagte er, als er Frischknecht untersucht hatte.

»Hirnblutung«, stellte er bei Lützelschwab fest und zeigte den Frauen die blaue Stelle am Hinterkopf. Er ließ zwei Sanitätswagen kommen und die Polizei.

Irina sah den Einschuß in der Wand über dem Gewehrschrank.

Esther sagte: »Woher hat er die Pistole?«

»Zwei alte Männer geraten in Streit. Der eine bedroht den andern mit der Flinte. Der andere zieht die Pistole aus seinem Ledersack. Der erste merkt, daß seine Flinte nicht geladen ist. Der andere schießt, trifft aber nicht. Wie heißt er?« fragte der Arzt.

»Lützelschwab«, sagte Esther.

»Frischknecht stößt Lützelschwab die Flinte vor die Brust. Lützelschwab verliert das Gleichgewicht, stürzt nach hinten und schlägt mit dem Kopf auf die Steinplatte des Kamins. Frischknecht bekommt vor Aufregung einen Infarkt. Wissen Sie, worüber sie gestritten haben?«

Niemand antwortete ihm.

Irina stand weinend am Fenster. Esther schaute auf Lützelschwab hinunter.

15

Mit Blaulicht und Sirene fuhren die beiden Sanitätswagen Frischknecht und Lützelschwab ins Spital. Die beiden Bahren wurden nebeneinander in den Aufnahmeraum gerollt.
Ein Arzt beugte sich über Frischknecht. Als er sich aufrichtete, hob er die Schultern.
»Es ist nichts mehr zu machen.«
Ein anderer Arzt untersuchte Lützelschwab. Er sagte zu Esther: »Bei einem Dreißigjährigen würden wir den Schädel abdecken und das Blut absaugen. Bei einem Achtzigjährigen ist die Überlebenschance gleich Null. Es hat keinen Zweck.«
Ein Pfleger zog Frischknecht das Leintuch über den Kopf und schob ihn hinaus. Lützelschwab wurde in ein Zimmer gebracht.
Irina weinte. Esther umarmte sie.
»Ich begleite Sie nach Hause«, sagte sie.
»Nein, Sie müssen hierbleiben, und ich bleibe auch«, sagte Irina.

Sie standen an Lützelschwabs Bett und sahen ihn in die Bewußtlosigkeit versinken.
»Nun ist er der einzige Überlebende«, sagte Esther leise.
»Hatten Sie ihn gern?« fragte Irina und korrigierte sich sofort: »Haben Sie ihn gern?«
»Ich weiß es nicht. Ich kenne ihn ja erst seit ein paar Tagen. Ich habe ihn begleitet. Dabei hat er mir Geschichten von sich erzählt. Beim Zuhören fällt es schwer, jemanden nicht gern zu bekommen.«
»Seine Geschichten, sind sie wahr?«
»Wer sagt die Wahrheit, wenn er seine Geschichten erzählt?«
»Er hat beschönigt?«
»Alle haben beschönigt. Auch mein Onkel Gerold Meyer. Auch Ihr Mann.«
»Wir alle.«
»Wie einsam sie alle gewesen sein müssen«, sagte Esther leise.
Sie sahen Lützelschwab an.
»Vielleicht war er ein Verbrecher«, sagte Irina. »Er hat Zwangsarbeiter beaufsichtigt. Die meisten kamen aus der Gegend um Moskau. Vielleicht war eine meiner Cousinen darunter. Vielleicht hat er ihr das Leben gerettet. Wir sollten

weniger reden. Man sagt, Sterbende hörten noch lange. Das letzte, was ausfällt, ist das Gehör.«

Später lösten Irina und Esther einander ab. Die eine saß an Lützelschwabs Bett und hielt seine Hand, die andere versuchte, auf dem Stuhl am Fenster zu schlafen. Nach sechzehn Stunden starb Lützelschwab.

Als die Schwester hereinkam, um ihn zu waschen und ihm das Totenhemd anzuziehen, gingen Irina und Esther hinaus. Sie erledigten zum zweitenmal die Formalitäten, die der Tod nach sich zieht. Die Frage des Beamten, ob Lützelschwab Verwandte habe, vermochten sie nicht zu beantworten.

Beim Verlassen des Spitals sagte Irina: »Solange jemand die Namen der Gestorbenen aufschreibt, ist nichts verloren, und ihre Geschichten sind nicht zu Ende.«

Esther fuhr Irina nach Heiden zurück. Sie setzten sich an den Küchentisch und aßen etwas. Irina trug immer noch das gelbseidene Teekleid vom Tag vorher.

»Waren deine Verwandten wirklich in Liebenau?« fragte Esther.

»Sie waren ins Sudetenland deportiert worden. Wir wissen nicht genau, wohin. Es könnte Liebenau gewesen sein.«

»Dein Mann ist in Liebenau gewesen, und er erzählte dir davon? Und was sagtest du?«

»Was sollten wir sagen?«

Irina weinte.

16

Frischknecht und Lützelschwab wurden auf dem Friedhof in Heiden beigesetzt, Gerold und Marguerite Meyer waren ein paar Tage vorher in Zürich bestattet worden.
Irina und Esther luden zu einer gemeinsamen Trauerfeier für Frischknecht, Meyer und seine Frau, Rothpletz und Lützelschwab in die Kirche von Trogen ein.
»In Trogen haben sie sich kennengelernt. Da hat ihre gemeinsame Geschichte begonnen.«

Es kamen nicht viele Leute. Von den Klassenkameraden lebte niemand mehr außer Vogeler in Norddeutschland und Muller in Südafrika, und auch von diesen beiden wußte man nicht, ob sie nicht inzwischen gestorben waren. Rothpletz hatte keine Familie gehabt. Magna Kowatsch reagierte nicht auf die Anzeige. Kellerhals' Stiefnichten und -neffen, deren Adressen in Bern und Umgebung sie mühsam herausgefunden hatten, meldeten sich telefonisch ab. Von Frischknechts Enkeln war einer in den Ferien auf den Seychellen, und der andere studierte in den Vereinigten Staaten. Gerold Meyers Schwiegersohn, der der Generaldirektion einer Großbank angehörte, teilte mit, ihm fehle leider die Zeit, einer zweiten Trauerfeier für seine Schwiegereltern beizuwohnen, aber seine Frau komme. Meyers zweite Tochter war in Amerika verheiratet; es wurde nicht erwartet, daß sie und ihre Familie kämen. Lützelschwab hatte niemanden außer Esther. Esthers Familie weigerte sich, etwas mit dem Anlaß zu tun zu haben.

So waren schließlich außer Esther und Irina nur Irinas beide Söhne in der Kirche, der eine, weil er geschieden war, allein, der andere mit seiner Frau und dem einen der drei Söhne, außerdem Gerold und Marguerite Meyers Tochter. Hinzu kam als einzige Außenstehende die Rektoratssekretärin der Kantonsschule. Acht Personen.

Irina hatte sich gewünscht, daß außer dem Pfarrer der Rektor der Kantonsschule einige Worte sagen und der Schülerchor, begleitet von der Orgel, wenn möglich den Schlußchoral der Matthäuspassion singen sollte, »Wir setzen uns mit Tränen nieder«. Der Rektor war jedoch in den

Ferien, ebenso sein Stellvertreter und die Sänger des Schülerchors.
Der Pfarrer von Trogen war vor einigen Monaten pensioniert worden, und es war noch kein Nachfolger gewählt. Ein alter Herr im Ruhestand kam aus St. Gallen herauf, verlas die Namen der Toten und predigte über den Wert der Freundschaft, die das Leben erträglich machen würde. Die Stellvertreterin der Organistin hatte eine Transkription des Schlußchorals der Matthäuspassion für Orgel aufgetrieben und spielte sie zum Schluß.
Nach der Feier waren alle ins Gasthaus zur Krone eingeladen. Die Rektoratssekretärin kam nicht mit. Der eine Sohn von Irina, der allein da war, brach bald auf. Er wohnte in Biel und hatte eine lange Heimreise. Die Frau des anderen Sohnes sagte, wie froh sie alle seien, daß Esther noch einige Tage bleibe. Dann verabschiedete sie sich mit ihrer Familie, um nach Zürich zurückzufahren.
Irina, Esther und Gerold und Marguerite Meyers Tochter blieben noch eine Weile sitzen. Sie bestellten einen zweiten Kaffee.
»Otto hat das Schicksal seiner Klassenkameraden immer genau verfolgt. Er hat alles, was er in

Erfahrung bringen konnte, in ein Buch geschrieben«, sagte Irina zu Esther. »Wenn es dich interessiert, überlasse ich es dir gern.«

»Mein Vater hat nichts aufgeschrieben, aber alles mögliche über seine Klassenkameraden gesammelt«, sagte Meyers Tochter. »Eine ganze Schachtel voll mit Zeitungsausschnitten, Vermählungsanzeigen, Geburtsanzeigen, Todesanzeigen und Briefen. Für mich sind die Dinge wertlos. Vielleicht können Sie journalistisch etwas damit anfangen.«

»Warum haben sie das getan?« fragte Esther, als sie mit Irina nach Heiden zurückfuhr.

»Was?«

»Alles gesammelt und aufgeschrieben über die Klassenkameraden.«

»Vielleicht hatten sie Angst.«

»Wovor?«

»Vor ihren eigenen Geschichten.«

Ulrich Knellwolf, geboren 1942, aufgewachsen in Zürich und Olten; Abitur an der Kantonsschule Solothurn, Studium der evangelischen Theologie in Basel, Bonn und Zürich. Seit 1969 Pfarrer in Zürich. 1990 Promotion zum Dr. theol. an der Universität Zürich mit einer Arbeit über *Gleichnis und allgemeines Priestertum. Zum Verhältnis von Predigtamt und erzählenden Werk bei Jeremias Gotthelf*. Veröffentlichte 1986 das Hörspiel *Zwinglis Nacht*, 1989 die Weihnachtsgeschichten *Ein roter Teppich für den Messias*. 1922 erschien bei Arche sein erster Kriminalroman *Roma Termini*, 1993 der Erzählungsband *Tod in Sils Maria. 13 üble Geschichten*, der inzwischen in der 8. Auflage vorliegt.

Ulrich Knellwolf im Arche Verlag

Tod in Sils Maria
13 üble Geschichten
138 Seiten. Gebunden

»Knellwolf schildert höchst anschaulich, wie in der exemplarischen Situation eines Engadiner Winterurlaubs Menschen plötzlich aus ihrer Normalität fallen und damit unabsehbare Verheerung anrichten oder wie die Natur den blasierten Menschenzwerg abstreift, der sie herauszufordern wagt.« Dt. Allgemeines Sonntagsblatt